LE IARDINET DE POESIE.

DE C. D. G.

A LYON,

PAR CLAVDE MORILLON.

M. D C.

Auec permission.

A TRES-CHRESTIEN
ET TRES-MAGNANIME
Prince Henry IIII. Roy de France
& de Nauarre.

STANCES.

I.

Rand Roy qui paroissez vn grand Dieu des-
	sur nous,
Ie-vous offre ces vers, ces vers m'offrent à
	vous,
A vous dont ie seray soudain taxé d'audace:
Mais si vous ne voulez prendre ces humbles vers,
Que Phœbus va m'offrant, pour estre à vous offerts,
Pourquoy donc portez-vous Phœbus en vostre face?

II.

Astre plein de lumiere, où le Ciel gracieux
A versé le meilleur de la grace des Cieux,
Qu'on ne m'acuse point d'vne petite offrande:
Ie sçay qu'il faut offrir aux grands quelque grandeur,
Aussi ces vers, grand Mars, qui vous offrent mon cœur,
Offrent pour vous seruir vne affection grande.

III.

Fontaine d'où l'on voit la douceur découler,
Vostre douceur vers vous fait ma Muse voler:
Ainçois vostre douceur rend son ardeur esteinte,

4

Car comment conuiendroyent la rudeſſe & le doux?
Tellement que mes vers voulans voler à vous,
Sont pouſſez du deuoir & repouſſez de crainte.

I I I I.

Deux contraires effets naiſſent d'vn ſeul ſujeſt,
Pour engendrer en vous l'amour & le reſp. ſt:
Auſſi n'eſtes-vous pas l'Ambroſie agréable,
Qui tant douce apartient aux Dieux tant ſeulement?
Car il-faut que ce ſoit vn Diuin iugement,
Pour doucement loüer voſtre douceur loüable.

V.

Quoy? vous compareray-ie à ces fameuſes Sœurs,
Qui font craindre aux Humains leurs diuines douceurs?
L'amiable douceur des Syrenes eſtranges,
Atire les Nauchers, puis abyſme les naus,
Ainſi voſtre douceur nous tire à voſtre los,
Puis nous noye en la mer de vos amples loüanges!

V I.

Prince qui faites naiſtre en preſence de tous
La pitié de voſtre ame, & le ſang de vos coups,
L'aigle pour ſe percher, deſſur vous ſe doit rendre,
L'Othoman veut encor vous laſcher ſon timon,
L'vn voit voſtre proüeſſe, & l'autre oit voſtre nom,
Et tous deux ſont le moins que voſtre heur doit atendre.

V I I.

Honneur de tous les Roys, ô Roy qui honnorez
Vox belliqueuſes mains de maints ſceptres dorez,
Comme voſtre valeur voſtre heur tout autre paſſe:
Puiſſent touſ-jours mes vers vos vertus faire voir,
Et puiſſent, puiſſant Roy, ſur tout encore auoir
Vos valeurs l'Vniuers, & mes vers voſtre grace.

CHRIST. D. G.

A V

AV LECTEVR.

’Auoy resolu de quiter la Poesie, & la Poesie m’a faict quiter ma resolution. Mais puisque nous aimons naturellement l’inconstance, tu excuseras mon naturel inconstant. Ma resolution euft esté resolue, si les Muses conduites de ie ne sçay quelle gloire, & assistées de tous mes loisirs, ne m’eussent r’ataqué. Icy i’ensuy la Nature, i’ameine des diuersitez & ne leur donne point commécement par les choses plus hautes, mais tasche de les faire aller en croissant, pour les rendre plus durables. Ce n’est pas le tout que de bien cómencer, Il se faut tousiours proposer vne fin plus heureuse. Et vn bon maistre ne commence point à bastir par le haut. Quelques vnes des premieres pieces que ie t’estale icy, ont esté autresfois imprimées, & m’ont occasióné

de

de les reuoir, & tafcher de mieux faire.
Que fi tu as bié daigné de les veoir feules,
fans aueu, & rudes, ne defdaigne maintre-
nãt de les reüeoir accópaignées auoüees,
& mieux polies. De fait, ie monftreray à
cette heure, ou veritable ou faux ce prouerbe, Qu'il n'y a fi petit liure où lon ne
puiffe aprendre quelque trait. Si ie le mó-
ftre veritable, ce liuret ne fera point inutile. Si faux, il ne le fera point auffi. Car il
feruira donc à monftrer la fauffeté de ce
prouerbe.

EPIGRAMME.

SI les chofes fe confiderent
A la groffeur tant feulement,
D'où vient que les gens ne preferent
Vn gros roc à vn Diamant?

AMON

A MONSIEVR DE GA-
mon sur ses œuures.

STANCES.

1.

A Muse, mon GAMON fit des outils nouueaux
Comme on dit que jadis fit le grand Alexādre,
Afin que sans peril marchant par sus les eaux,
Tous leurs secrets à toy se laissassent cōprēdre.
    Par les vers laboureurs de Virgile immortel,
On voit chanter le los de la Terre feconde:
Mais toy qui as cerché vn los plus supernel,
Gaillard as dit les eaux où la Terre se fonde.
    Mais quoy? ce n'est pas tout: Il te faloit monter
Iusqu'à l'extremité du los plus honnorable:
Aussi veinquant toy-mesme, ores ie t'oy chanter
Maint sujeĉt qui sur tous te fait estre admirable.
    Tu te vas vray Demon, en tous Poetes changeaut,
Le doux, l'vtilité, naissent de ta faconde:
Or' bas, ores moyen, ores tu vas chantant
Le sujet le plus haut qui soit en tout le Monde!
    Quel sujeĉt reste donc, ô Cygnes bien-disans,
Qui soit dignement haut pour vos sçauantes Muses?
Pour prendre vn sujeĉt haut, allez-moy tous disans
Les supremes vertus\dans mon GAMON infuses.

PH. D. P.

Ous qui recerchés Parnasse,
Et sa doux-coulante glace,
Pour sauourer ses douceurs,
En vain vostre diligence
Dessus ce roc de science
Veut veoir Phœbus & ses sœurs.
    Vous respandez vostre peine
Sur vne infertile arene

8

Vous peignez deſſus les eaux:
Car voici la ſeule croupe
Où lon boit à pleine coupe
L'eau des Pegaſins ruiſſeaux.

C'eſt ici ou Vranie,
Melpomene, & Polymnie,
Giſent ſous les Lauriers verds,
Auec Clio qui en donne
A G A M O N, vne couronne
Pour le loyer de ſes vers.

N'y voyez vous pas Thalie
Qui mignardement marie
Son luth aueques ſa voix,
Et chante aux peuples eſtranges
Les immortelles loüanges
De ce Poëte François?

Ce ſont des fruits de ta peine,
Mon G A M O N, c'eſt de ta veine
Que nous naiſſent ces douceurs:
Sans courir vers la Phocide
Nous voyons (toy noſtre guide)
Le ſejour des doctes ſœurs.

Mais ta diuine ſcience
Te donne la recompenſe
Que ta peine a merité:
Car elle graue ta gloire
Dans vn marbre de memoire
Au temple d'eternité.

Dv PONT.

SVR LE IARDINET
de Poeſie.

QVATRAIN.

Quand ie voy tout raui tant de diuerſitez,
Dans les diuers fueillets de ce petit volume
Et que ſi grands ſecrets vont naiſſant de ta plume,
Ie dy qu'vn petit lieu tient des grand's raretez.

D. S.

Peintre que te sert il de peindre en cet ouurage
D'vn'art parfait le corps? tu trompes ton pinceau:
Pour peindre mon GAMON, pein le neufuain troupeau,
Et tu peindras alors & l'esprit & l'image.

                              TI. D. CH.

LE
IARDINET
DE POESIE.

DESCRIPTION
DES QVATRE
SAISONS.

*ET excellent ouurier des voûtes e-*
therées,
Qui tient en l'Air la Terre & les
Eaux azurées,
Ce Iupiter non feint, & qui seul
rend les vents
Æole veritable & calmes & souf-
flants,
Eternel composa par suites eternelles
De l'An entre-cassé les pareures nouuelles:
Qui sont le Printems frais, & l'Esté chaleureux,
L'Automne vinotier, & l'Hyuer froidureux.

C'est

C'eſt pour vous que je veux, ô Nymphes Pierides,
Brigade des neuf ſœurs des cimes Parnaſſides,
Qui tenez Helicon, faire peindre à ma main
L'An qui d'vn certain cours a l'eſtat incertain.
Cà que je hume donc cette eau Caſtalienne,
Ou pluſtoſt cette eau chaſte, ô troupe Aonienne,
Regaſides beuuans aux Cheualins ruiſſeaux,
Que j'eſcoule ma ſoif au coulant de vos eaux.
Et ſur tout aide-moy, Phœbus aime-cadance,
Qui fais par le Belier, le Cancre, & la Balance,
Et par le Chevre-corne, ici bas qu'on reçoit
La fraicheur, la chaleur, & le fruit & le froid.

LE PRINTEMPS.

ON voit du Renouueau la vertu Printaniere
Recolorer le front de la Terre fruitiere,
Qui voulant bien-veigner ceſt eſperé retour,
Se pare de nouueau d'vn gracieux atour,
A fin que nous puiſſions remarquer la puiſſance
De cil qui de tous biens nous donne jouiſſance.
On voit, ô quel plaiſir! on voit ore arriuer
L'ennemi fleuriſſant du fleſtriſſant Hyuer:
Ce que jà nous predit la noirette Arrondelle,
Qui vient ſeruir ſix mois, & meſſagere iſnelle
Par ſes gringuenotis, nous retourne auertir
Du retour du Printems, pour gayment reſſortir
Suiuant des limaçons les façons printanieres,
Noſtre cœur du chagrin, nos corps de leurs taſnieres.
A cette vagabonde vn ordinaire ſoin,
Eſt maintenant prezent, pour le futur beſoin.
Car elle apreſte aux ſiens d'vne ſorte gentile
Vn logis démi-rond, qu'elle maçonne habile

De son bec architecté & son double auueron
Sur le flanc maisonnier d'vn charpenté chéuron.
Elle replaint des-ja le forfait des-honneste
Et l'aspre cruauté de Teré porte-creste,
Enuers sa chere sœur : vertueuse Progné
Si son fils à manger au traistre n'eust donné!
  On entend les oyseaux en leur diuers ramage
Fringoter à l'enui dedans le vert bocage.
La haute Philomele à l'argentine voix,
Fait retentir les monts, les valons & les bois:
Ore en se desgoisant elle abaisse hautaine
Le rumeur ondelant d'vne fraiche fontaine,
Et perchée en vn saulx, par son tintin plaisant
Rend l'Air plein de fredons, vous de tristesse exemt:
Or d'vn buisson fraizé de jeunettes verdures,
Dit aux simples oyseaux toutes ses auantures:
Ou conte doucement l'amére cruauté
Que chaste elle soufrit pour la grand lascheté
Du transformé en hupe, & gendre au Roy d'Athenes,
De la faute duquel Itys porta les pénes.
  La Nymphale Printine en ce tems perruquet
Muguette par les fleurs Priape aime-bouquet,
Qui pour multiplier liberal recommence
Aux jardins mesnagers d'impartir sa clemence.
Aussi qui çà qui là, les courbes jardiniers,
Vont semant les choux blancs, les humides pourpiers,
Le flairant basilic, les pastenades blanches,
L'anis & le fenoüil aux odoreuses branches.
On reuoit espanir par l'esclair du Soleil
Es buissons odorans, la Rose au front vermeil:
Rose dont la fraicheur est aussi tost fanée
Que le blond Delien a borné la journée:
Hé que ne voyon-nous que vinotans ici,

Mixera

Miſerables Humains, las ! nous ſommes ainſi!
» L'Immortel a voulu que la mortelle vie,
» Pour nous dŏner plus d'heur, nous fuſt bien toſt rauie:
» Et le peu que ça-bas nous jouiſſons du jour,
» Comme la Roſe brieue a l'eſpine à l'entour.
    Mille-baſmes d'odeurs parfument les campaignes:
Et voit-on les cheureaux ſauteler aux montaignes.
Ces petits animaux courent à petits bonds,
Ou pour s'entre-coſſer des pointes de leurs fronts,
Ou égouter le pis de leurs meres barbues,
Qui s'eſt enflé de laict ſur les plaines herbues.
    Bergers, magniſiez l'agreſte Arcadien,
Au double pied de bouc, & luy ofrez du bien
De vos laineux troupeaux: qu'vn chacun de vous orne
Sur Menale & Lycé l'autel du Porte-corne.
C'eſt maintenant qu'il faut reconnoiſtre Pales,
Qu'elle ait ſa Palilie, & dans ſes verts palais
Ietez voſtre houplande, & laſchez vos houlettes,
Pour plus gaillards enfler vos grondantes muſettes.
Sus, il-faut ramoitir l'anche de vos pipeaux
Seichez d'oiſiueté, dont vos bouquins troupeaux
S'entre-lutent gaillards, vos balotantes chéures
En bondiſſent au ſon, & qu'on voyes en vos léures
Siflets melodieux, languettes, & ſoufloirs,
Pour fair retondir les cheuelus manoirs:
D'où le vautrays, les cerfs, les fans & les chéureules,
Oyent les tons mignards de vos mignardes gueules.
Revoici la ſaiſon où vos boucs ſur les flancs
Des rocs aux bords feutrez, & aux ieunes complants
Trouuent que brouſteler: & ſur la riue herbeuſe
Peut aizément broûter la chéurette ſiéureuſe.
Prenez donc la pantiere, embouchez le haubois,
Et la cane troüee, & qu'au Dieu garde-bois

Aiij

Au visage etheré, chacun de vous habile
Entonne des chansons d'vne grace gentile:
Exaltez-moy la fluste, & l'exemple ancien
 Qui suruint à Marsye orgueilleux Phrygien,
Ne vous estonne point:Ce sont ce sont des fables,
La lyre doit ceder aux flustes amiables.
Iouez du flajolet, bouchez-en les pertuis,
Et que vos aignelets tressaillent res-jouïs.
Souflans la chalemie, en l'herbelette tendre,
Faites aux Chéurepieds vos caroles entendre.
Pan barbu,grand Chéurier,qui garde bon Pasteur
Vos troupeaux broutelans,vous gardera de peur.
Et l'Hyuer(Pastoureaux)l'aspre Hyuer à cette heure
Ne fait plus parmi nous sa tramblante demeure:
Phœbus le Cynthien par son alme vertu
Rasserenant le tems, a le froid abatu.
 Lon a cueilli la greffe,& les courbes serpettes
La scie & maint outil vtile aux entelettes,
S'aprestent pour enter le rude sauuageon,
 Qui séueux pousse hors son cotonné bourgeon.
Les arbres de riuage en-fueillant reuerdissent:
Ceux des vergers ombreux dé-ja nous auertissent
Esbeurrants du tendron le coton blanchissant,
 Qu'ils iront tost de fruict leur branchage afaissant.
 Les peuples esmaillez qui rexident aux ondes,
Suiuent l'Idalien aux vagues vagabondes,
Les prez sont piolez d'vn gracieux émail,
Rouge,blanc, vert & bleu: jndustrieux trauail
De l'orfeure d'en-haut! & la bergere lente
Tient ses beliers cosseus dessous l'ombré mouuante.
 Les plus sauuages lieux viennent à printaner:
Et les seps porte-vin veulent rebourjonner:
Mesmement le hurbec,bestelette maligne,

Commen

Commence à rongnoner le bourjon de la vigne.
Comme au voizin ormeau le lierre amoureux
Enlasse serrément ses brassets vigoureux:
Et le glaireux limas s'agrafe à la muraille,
Quand sa corne comme Othe, au Ciel ofre bataille:
Le jeune pampre ainsi s'estendant pour grimper
Teint de vergongne encor, commence à se hàrper
Au chesneux eschalas, où le sep tourne & plisse
En replis rondelets sa branchette tortisse:
Et sa fueille largette au bord deschiqueté,
S'estendant laisse choir son coton argenté,
Et monstre aupres de soy des rifles & des pointes
En cornes d'escargot à leur paisseau conjointes.
  Voici le tems propice aux supests de Mauors,
Et Pallas branle-pique ore assiege des forts,
Assigne des combats, fait que le canon tonne,
Mainte prouince en bruit, & le ciel s'en estonne!
Bellonne dont les fils ne naissent qu'entre nous,
Tes soldats encrestez vuident du rende-vous,
Où ils se sont aisez pendant leur hyuernade,
Et ne parlent que sac, qu'assaut, que camisade.
Mars homicide las! las! homicide Mars,
N'esteindras-tu iamais tant de flambeaux espars?
La France non plus franche he! n'a ruisseau, fontaine,
Gueret, prée & forest, tertre, valon ny plaine,
Exemts de ta fureur! Les Faunes, les Syluains,
Front-cornus, Demi-Dieux, pour tes faits inhumains,
Aux enfans d'Enyon delaissent leur demeure:
On ne se peut en paix rescréer à cette heure:
On en voit adeuler les gargouillantes eaux,
Et chanter à regret les caquetards oyseaux!
Mais, mais las! maintenant ô Dieu porte-cuirace,
Reua-t'en pour jamais dans ton palais de Thrace,

Sur Hæme Oeagrien, du-moins que ces quartiers
Ne gouſtent plus l'aigreur de tes actes meurtriers.
Mais pour ce triſte erreur, faut-il perdre nos erres?
„ C'eſt augmenter ſes maux que lamenter les guerres.

La champeſtre Ceres ores franche de peur
Des neiges & broüillas, en ſa baſſe hauteur
Fait ondoyer les chams, & ſous le vent tramblante,
Frizote en creſpillons ſa treſſe verdiſſante,
Comme les flots jaſards d'vn desbordé ruiſſeau,
Qui s'en vont au galop ſur la riue de l'eau.

N'eſt-ce pas maintenant qu'on voit la ieune poutre
Au haras peteler, franchir & paſſer outre
Le foſſé du marais, & bruſlante du ruit,
Courre au fol eſtalon qui hanit à ſon bruit?
La jeuneſſe ores ſert l'eſcumiere Déeſſe:
Et pendant que ce tems pour ſa tendre ieuneſſe,
Demi-maſle ſans plus fait des fleurs conceuoir,
Pluzieurs à leur mal heur trop maſles ſe font voir.

Vous n'eſtes plus (paiſans) clos dans vos maiſonnettes:
Les voyageurs s'en vont. Les viues fontainettes
Creſpent en diuers lieux des ruiſſeaux ſablonneux,
Et s'en vont eſpurant leurs ſurgeons boüillonneux.
Les chams ſont rouſoyans & frais la matinée,
Pour l'eau qui chet du Ciel perleuſe & emmanée,
Les fleuues ne ſont plus par les glaces bridez,
Ny d'vn ſubit dégel paſlement desbordez.

Le vent Sarmatien ne corne à nos aureilles:
Et ces petits oyſeaux, les pillardes abeilles,
Errent de fleur en fleur à petits vols larrons,
Cerchans où eſlancer leurs poignants piquerons.
Ces Fillettes du Ciel Hybleanes auettes,
Toutes ſont en trauail: Vnes vont aux ruchettes,
Aux cuiſſes emportant leurs butins diaprez.

Ou vont mordillonnant aux jardins & aux prez,
A betits becs aigus, les fleurs Apollinaires:
Les autres sont dedans leurs feneſtrez repaires,
A ſerrer du ietton l'Hymettien treſor:
Autres vont lichardant le gomme à couleur d'or:
Les autres ſuçotans les perlettes roſines
Du larmoyant égail, pour faire en leurs caſſines,
Par les fleurons, le thym & les celeſtes eaux,
Leurs rayons doucereux, & leurs cirez cruſteaux.
On entend marmonner en langue bourdonnante,
De l'eſſain donne-miel la troupe aiguillonnante,
Qui va ſuiuant ſon Roy, cherchant pour s'enruſcher
Vn cauerneux eſtoc ou le creux d'vn rocher.
Vous verriez arreſter ces eſcadres fuyantes,
Par vn nuau poudreux, ou des poiſles criantes.
Ainſi la Terre baſſe arreſte noſtre cœur:
Ainſi Satan nous tire à ſon parler pipeur.
    Le pepiant ſcadron de la gloſſante poule,
Cerchant que bequeter, auec ſes petons foule
Les herbettes des chams, & voyant quelque part
Son ennemy dans l'air, s'enfuit en ſon rampart.
Les tourtres fretillards ſaillent les tourterelles:
Et les pigeons roüans auec les colombelles
Pigeonnent bec à bec, tant, pres des viues eaux,
Qu'en l'ombre bigarré des ſouples arbriſſeaux.
    Des Zephyrs moitelets les molettes haleines
S'entonnent pantoiment ſur la face des plaines:
Les blonds trembles peureux, les ſaules argentez,
Les arbreaux tremblotans, & les cheſnes dentez,
Font murmurer ſous eux leurs minces fueillelettes,
Comme d'vn clair ruiſſeau parlent les ondelettes.
Vos branles incertains puiſſent ô Fauonneaux,
Faire long tems chez nous grexiller les ormeaux,

Et

Et nous donner l'odeur qui vos léures decore,
Quand vous le desrobez à la flairante Flore.
Puissiez vous, ventelez, puissiez vous bâ-volans,
Rafraichir tous les cœurs qui desirent bruslans
De voir-plustost la France estre asseruie au Monde,
Que le Monde asserui à la France feconde.
Mais il-faut s'arrester : car la pesante ardeur
Arreste des Zephyrs la legere roideur.

L'ESTE'.

LE frere au poil doré de l'argentine Lune,
Vomissant en courant mainte flamme importune,
Fait que la Terre dure & béante de soif,
Ià demande au doux Ciel vn breuuage soüef.
I'aperçoy ja des ja que ma face sueuse,
Lambiquante a perdu sa fraicheur gracieuse.
Si je vay m'esgayer aux chams plus tapissez,
Soudain mon soufle court bat mes membres lassez:
Et voulant au logis exercer la journéc,
Il m'est force de voir ma force effeminée,
Vne lasche toufeur ne lasche point les gens:
Quand le matin n'est plus, les Mastins haletans,
Laissans hauis de soif leurs brebis camuzettes,
Lapent lapent l'eau pure aux proches fontainettes.
    Voit-on pas maintenant le Cerf au pied leger,
Qui seché de chaleur, va foulant passager
Les herbes des forests, & court à gueule bée,
Se dessoiuer au creux d'vne riue courbée?
Il hait ses taillis secs, tant ce temps estiual
Est ardamment fâcheux voire au genre brutal.
Ie croy que de Vulcan l'immortelle fournaize,
A rempli l'Air de flamme, & la Terre de Braize:
Et Bronte, Pyracmon, & Sterope batants,

Les dards du Dictean se vont ore irritants:
Ou que l'Æthne enfoufré de l'ardante Sicile,
Repouffe jufqu'ici de fa chaleur fterile,
Et mariant fa flamme à ce feu Lemnien,
A rechaufé les rays du blond Latonien!
   De Tantale alteré la foif inextinguible
Se fait autant fentir pendant ce chaud terrible,
Comme il femble en Hiuer que fon enorme faim
Vueille entrer par le froid dans l'eftomac humain.
   Les oyes aux pieds plats, aux plaines apréées
Ores pleines d'ardeur, vont craillans effardées,
Courans aux ruiffelets, qui a demy taris
Semblent ne point fuffire à leurs jufters aris!
Le fourmi préuoyant va fournir fa tefniere
Du petit magafin de fa quefte bledieret
Les chemins font jonchez de beftial formillant,
De petits mefnagers, dont l'vn va mordillant
Les grains efparpillez, & les traine en fa grote,
D'où l'autre fort à vuide, & à petits pas trote:
Puis cherchant qu'emporter de fon bec larronneau,
Sert bien fouuent de proye au picoreur moineau.
Oy-je pas quercifer la iaZarde cigale,
   Qui du vert des rameaux par fon cricric efgale
(Groffe moufche qui vit des degouts emperlez)
Le creffiner aigu de ces gonds mal-huilez?
Deffur le haut du jour les grenoüilles bauantes
Font vn filence coy, mais la nuict coaffantes
Sortent de leurs eftangs, & femblent s'efioüir
De l'air frais dont la nuict les fait vn peut ioüir:
On entend pieuler la tendrette nichée
Des moineaux effeulez, attendans la bechée,
   Qui voyans reuenir la Paffe de quefter,
Vont béans tous d'vn cri pour fe faire apafter.

LA

La semillante pulce, ore agile sautelle,
En sautelant reueille, & reueillant pointelle.
Buclope a son armée: Et les gays moucherons,
Brandillonnent dans l'air leurs fuyards ailerons.
Les tans au vol bruyant leur bourdon recommencent:
On les voit bien souuent qui leurs aiguillons lancent
Dessur la cheuaulaille, & se font ennuyeux
Aux troupeaux marche-doux des beufs labourieux.
    Les prez parent la plaine, & preparent les rentes
Des troupeaux hanissans, & des troupes muglantes:
On descroche la faux, afin de l'aiguiser,
Et de son bec mordant ces campaignes raser.
Les vns fauchent le foin, & les autres l'amassent,
Et serrent en boteaux, ou bien seiché l'entassent
En meulon orgueilleux seruant de bouleuert
Lors que Borée haleine à se mettre à couuert.
Est-ce pas maintenant que sur sa courbe branche,
La cerise aigrelette & honteuse se panche?
Que le guisnier rougist d'vn fruit delicieux,
Qui contente agreable & la bouche & les yeux?
    La Nymphe porte-blez n'a plus sa couleur verte,
Et de couleur blafarde a sa face couuerte:
Si bien que celle-la qui gaillarde habitoit
N'aguere à l'airte aux chams, maintenant veut le toit,
Et abaissant la teste & paroissant barbüe,
Fait prendre à l'emouleur la faucille tortue:
Bref, tous les blez sont meurs, & jà les messiuiers
Vont descharger la plaine & charger les greniers,
Ha! que l'on te déuroit Cere Saturnienne,
Ofrir de l'alme bien dont tu couures la plaine!
Et comme tu punis l'oiseau Eresicton,
Tu déurois chastier ceux qui moquent ton nom.
    Les halez moissonneux laissent leur souquenie:

Et puis leur repas fait, l'vn les eſpis manie,
A plein poin les ſoyant, & l'autre en glanant ſuit
Le moiſſonneur actif qui tout courbe le fuit,
L'vn les eſpis engerbe au milieu de l'eſtouble,
L'autre en apointe vn tás, vn autre luy redouble
Son labeur fatigable, & luy baille ſueux
Des gerbes pour hauſſer ſon gerbier montueux.
L'vn dentelle vn raſteau, l'autre auec du chaume
S'edifie vn caſot, l'autre en mode de heaume
Se façonne vn chapeau, puis auec des oſiers
Qu'il tortille aſſouplis va creuzant des paniers,
  Ià les aires ſont pleins de Deon l'engrainée.
L'vn deſtie abaiſſé la jauelle trainée,
L'autre encorne vn fléau deſſous l'ombrage frais,
L'autre apreſte vne fourche, & l'autre des balais.
Le marchement reglé des cheuaux qui vont l'amble,
Reſſemble au coups égaux que font en l'aire enſemble
Les bateurs qu'on eſcoute ore à coups tricotans,
Coſte à coſte acordez quatre à quatre batans.
L'vn tire apres le grain auecques vne traine,
Et l'autre en vn monceau la vuide-paille entraine:
Et bref ces ouſterons ores ſont en repos
Comme au bal cliquetant les Dactyles diſpos.
  Le babi bégueyant des fraiſches riuerotes,
Semble parler d'amour aux ſimples bergerotes:
Et pour l'ardeur du haſle, elles ſen vont courant
Plonger & folaſtrer au ruiſſeau murmurant.
  Le chaſſeur eſpiant aux campaignes trauaille,
Il va chercher gaillard la corcaillante caille,
Il ſonne ſon rapeau, puis d'vn cœur ſcarbillat
Prend ſa route où il oit le ſon de corcaillat.
On voit les Oiſeleurs engluer des bùchettes,
Et tendre leurs gluaux par les freſles branchettes:

Vns atendent courbez, les autres vont cerchans
Des friands perdréaux muſſotez par les chams.
Il ne leur chaut du chaud, & diuers aux Æthnées,
Qui n'ont de leur gibier les eſpaules ernées,
S'en retiennent le ſoir tous bien apétiſſez,
Et d'oiſeaux duueteux preſque tous afaiſſez.
    La bergere s'en court à ſa vache laitiere,
Chaſſe le bouuillon, & la trait meſnagere:
Puis pour couler le lait, elle prend le couloir,
L'y verſant bellement par les bords du trayoir:
Si toſt qu'il eſt coulé, pour le faire entre-prendre,
Elle y met la preſure, & fait du caillé tendre,
Ou l'eſcreme au deſſus, & dans ſon chaſeret
Elle fait transformer en formage le lait.
    Mais pendant que l'Eſté mon ſujet continue,
Il augmente men chant, & mon chaud diminue:
Car Apollen muable, en changeant de maiſon,
De la Liure nous liure ore vne autre ſaiſon.
Mon Dieu ! d'où vient cela, qu'ápres la chaleur dure,
Nous voyons d'ordinaire arriuer la froidure,
Et quand l'ardeur d'vn vice a ſaiſi noſtre cœur,
Noſtre cœur ne ſauroit deſſaiſir cette ardeur?
Nous reſſemblons, je croy, ces anguiles gourmandes,
Qui prennent aizément les amorces friandes,
Mais quand la courbe aiguille aiguillonne leur chair,
Elles ne peuuent point cette aiguille laſcher.

L'AVTOMNE.

TE voici donc, Automne, ô ſaiſon doucereuſe,
O ſaiſon temperée, ô ſaiſon planturuſe,
Qui pares maintenant les couſtaux empamprez
De ſuſpendus raiſins noixement empourprez.

C'est le fruit du Trigone, ô Nymphes Pleionides,
Qui Satyre tira vos tetins Atlantides,
Si bien que pour auoir esleué l'vn des Dieux,
Pleiades, vous brillez sept Estoiles aux Cieux.
,, Iamais les Dieux benins, à qui met son estude
,, D'vser de charité, n'vsent d'ingratitude.
Et vous encore, ô sœurs, d'vne humide façon
Nourrissez le doux fruit de vostre nourrisson.

Il faudroit maintenant, ioyeux Dithyrambiques,
Qu'on ouïst rezonner vos chansons Poetiques,
Et que pour le Triete, enfançon cuisse-né,
On vist de pampre vert vostre chef couronné.
Non, Penthée eut grand tort, ce fol Echionide,
De vouloir mesprizer le Thyase Bacchide;
Mais aussi par sa mere, & sa vineuse sœur,
Fut soudain deschiré ce Thebain mesprizeur.

O vous qui grauissans au haut mont de Cythere,
Ne deniez l'Orgie à Denis le bon pere,
Thyades aime-vin, Prestresses de Péan,
Hulexore à l'honneur du danseur Lenéan.
N'ayez basses vos voix Bassarides troublées,
Euantes, esuantez vos fureurs redoublées,
Menades, menez bruit, afin que Citheron
Aporte vn son hautain au baissé vigneron :
Que des crys d'Euoé l'air ne soit point deliure :
,, Sans Liber & Ceres, Venus ne sauroit viure !
Mais entenday-je pas les vandangeurs aux chams,
Chantonner à qui mieux pour seconder vos chants?
Ie les oy, je-les voy qui vont à grosses troupes,
Oster au sep tortu ses pendillantes houpes :
L'vn coupe le raisin d'vn ongle rauisseur,
L'autre porte la hote, & l'autre est pressoireur :
L'vn conduit au logis la charrette remplie,

L'autre va d eschargeant, l'autre des cercles plie,
Puis tenant la massue, à grands & à grands coups,
Relie vn vieux cuuier pour le ieune vin doux.
L'vn sur la douce queux asile vne douloire,
L'autre plus empressé tient vne ratissoire,
Et demi Diogene entre en vn tonneau creux,
Puis des costes luy racle vn émail graueleux.
Tandis l'vn aume vn muy, l'autre ez cuues vineuses
Foule d'vn pied souillard les grapes escumeuses,
Il se fourre en la grape, elle luy va fourrant
Au chancellant cerueau son fumet enyurant:
Les vns à l'entonnoir vuident vne cuuette,
Puis vont tremper le marc, & font de la buuette:
Autres tournent la vis, & de tout leur pouuoir
Font criqueter l'abrier qui geind sur le pressoir:
Le pressoir se resserre, & le raisin qui tache
Le bois d'vn sang fumeux, en larmoyant s'escache.
L'vn tient des robinets d'estoupes calfeutrez,
Pour les enter au fond des tonneaux enyurez,
Et d'vn long chalumeau hume dedans la caue
Du ioufflu Bromien l'humeur couuert de baue:
L'autre va mesurant les bondons dux vaisseaux,
Apointe des faucets, & racoustre des seaux:
Et cependant gaillards les autres renouuellent
Les vieux chantiers pourris, & les muys enchantelent,
Les vns ont vn chaudron qui sur la flamme boust,
Et consumant le vin tourne en vin cuit le moust:
Et les autres encor ont la grape egrenée,
Et par l'ayde du feu font de la resinée.
Bref du doux Tionin tous les biens sont receus,
Et les intemperez en sont des-ja deceus:
Pareils à ces oyseaux qui l'Hyuer sous la trape,
S'arrestent trop au grain qui pipeur les atrape.

Les seps, de leurs fueillards sont pres-que depoüillez,
Et sont, pauures de fruicts, des pauures grapillez:
L'vn pense à deceler le delaissé grapage,
L'autre court à la courge, & l'autre au figuerage.
    C'est, toy douce saison, qui fais assaisonner
Les fruicts qu'encor l'Esté meurs ne nous peut-donner:
Et des fruictiers hochez sur la terre tu verses
La pomme enluminée, & les poires diuerses.
Le fruict brusque & flambant des vermeils grenadiers
Ores par toy, remplist les ventres des paniers:
Et d'vn goust aigre-doux ses graines rougissantes,
Sont pour toute l'année au malade plaisantes.
Le pin aiguise vn fruict d'escailles reuestu,
Et l'ample chasteigner herisse vn fruict pointu.
Tu fais sur les cormiers paroistre l'âpre corme
Et aux nessliers vn fruict à la mi-ronde forme.
    C'est toy, douce saison, qui nous vas ore ofrant
Le safran au teint rouge, & au flair odorant,
Et de diuerse odeur fais qu'ensemble on recueille
Par ses terroirs foulez, & sa fleur & sa fueille.
    Pendant que ie regarde entre cent oysillons,
Vn paisan qui de grains va cachant les sillons,
Puis là piquant ses bœufs, lentement se promeine,
Puis d'vne herse icy rend plus plaine la plaine:
I'oy des embastonnez qui abattent des noix,
Et le noyer en rend vne plaintiue voix!
Autres sont empressez aux noires oliuetes,
D'abatre & d'amasser les oliues noirettes:
La terre en est couuerte, ainsi qu'on voit les chams
Quand la gresle à dardé ses boulets craquetants.
L'vn renuersé fait choir les oliues sacrées,
L'autre courbé les serre à belles panarées:
Les vns en sont chargez & couuerts de limon,

Autres

Autres font l'huyle graſſe,autres vont au timon,
Deſchargent la charrette, & ſalement iaunaſtres,
Entaſſent au preſſoir les oliues noiraſtres,
Bref,que diray ie plus? les fruicls ſont tous cueillis,
Et les arbres ia veufs,ſemblans preſque vieillis,
Changent en chauueté leur verde cheueleure,
Dolentsqu'on leur ait pris leur plus belle pareure,
Dont en lieu de verdeur, en craquelant aux chams,
La fueille morte chet, vain eſroy des méchans.

    Ainſi ſaiſon muable,à ta douce venue,
Tu nous es gracieuze, & maintenant chenue,
Pour nous monſtrer,ie croy,que tout ce qui ça-bas
Croiſt & ſent & raixonne,eſt ſubiect au treſpas?

    On voit pourtant maint arbre où la verdure dure?
Le cypres n'eſt tondu par la paſle froidure:
Touſiours par les couſtaus le buys eſt creſpelu:
L'oliuier pacifique eſt touſiours cheuelu:
Touſiours l'iſ malheureux vert ombrage la terre,
Le houx verdit touſiours,& le rampant lierre:
L'yeuze porte-gland ſa verdeur ne corromt,
Ny toy gentil laurier qui me flates le front.

L'HIVER.

L'Hiuer aux gourdes mains, en face mal-plaiſante,
Roupieux , caZanier,deuant moy ſe preſente:
Il marche acompagné de vens & de friſſons,
Et porte en lieu de poil des horribles glaçons:
Encor' ce veil pleurard en tramblant me menace
Si ie ne veux chanter les beautez de ſa face.
Mais las!pourray-ie Hyuer,en ſentant ta froideur,
Reſchaufer à ton los ma Poetique ardeur?
La neige enſeueliſt les coupeaux des montaignes,
Le frimas eſt en regne, & les vagues campaignes
Où la Biſe commande aliennent leur teint

Et de pasles couleurs ont leur front large peint.
   Quel Stymphalide oyseau deserteur d'Arcadie,
Semble des chauds rayons exemter nostre vie?
Et quel vaillant Hercul par vn son exité
Chassera loin de nous leur haute immensité?
   Pyrois rougissant, Eoin porte lampe,
Æthon le flamboyant, & Phlegon qui se trempe
Dans la perse Thetys, ambassades du iour,
Limoniers d'Apollon, eloingnent ce seiour,
Et pour changer ailleurs le froid en chaleur dure,
Ils font changer icy la chaleur en froidure.
Les fleuues entrepris en languissent oiseux,
Et Nerée en sortant de ses humides creux,
Se plaindroit volontiers qu'il semble que les fleuues
Doiuent rendre les mers de leurs subsides veuues.
   Le tranquil Alcyon bastit ore en la mer:
Et Nature voyant en nature l'Hyuer,
Pour fuir l'ennemi qui plus luy fait la guerre,
En resserrant ses biens dans la terre s'enterre.
Le persil en semence ores elle reçoit,
Et la roquette encor qui mesprise le froid,
La moustarde piquante, & la féue commune,
Et les gros pois qu'on seme au décours de la Lune.
   Pendant, que la chaleur est aux lieux soustrrains,
L'vn distile du nez, l'autre a longlée aux mains,
L'vn en craquant les dents, l'autre en crachant se pasme,
L'vn pour quitter le froid ne veut quitter la flamme,
L'autre tournät les mains, tâce le feu gourmäd, (fumant
   Qui pour s'en plaindre aux Dieux iusqu'aux Cieux va
Les bucherons nerueux aux forets reculées,
Gais eschaufant s leur fer sur les branches pelées
La viande du feu, font gemir à qui mieux
   Qui deçà qui delà, les troncs des chesnes vieux.

Le

Est-ce pas toy qui fais, ô saison atristée,
Qu'on s'en va voir ioyeux la mouche mouchetée,
Qui simple & mer-veilleuse en trauaillant tout l'an,
Ouurage pour autruy son ouurage Hyblean?
I'en voy l'vn qui panché d'vn fer longue ment croche,
Les bournaux reluizans des ruchettes descroche:
Vn autre dans la main soufle vn boûchon fumeux
Pour adoucir l'aigreur de lessain animeux,
Qui fait enfler la playe , enflé de ialousie,
Et delaisse en piquant l'aiguillon & la vie:
Tandis lautre affairé se retire à l'escart,
Puis triant le bon miel met la cire d'apart,

Hiuer nest-ce pas toy, pere au double visage,
Dont la clef ferme à l'an & r'ouure le passage,
Et qui vas immortel tourne virant tousiours
Comme le clair Titan faict muable son cours?
Tu vois quand les Humains s'entre donnent l'estreine,
Et vois l'humble present que ma Muse t'ameine:
Et que sait-on si toy voudras bien pour ce don,
D'vne eternité longue estrener ma chanson?
Aussi ie ne tairay que tu rens plus propice
O Pere, aux fruicts futurs la terrestre matrice,
Ni que purgeant nos corps tu purges l'air infait,
Et tu tairas le tort que ie puis t'auoir fait.
Tu nous fais assaillir par la bale mussée
Les oyseaux assaillans la terre ensemencée:
L'vn es rameaux tondus seul et se va brancher,
L'autre pipiaillant à bonds s'en va cacher
Dans les hailliers ronceux d'vne triste espinoye,
L'autre prend autre route,& voletant s'auoye
Emmy les aiglantiers, ou dans l'opaque creux
Du tronc ia menacé d'vn chesne cauerneux.
Des corbeaux enrouüez les croassantes bandes

Font en se herissant noircir ores les landes:
Et la vieille corneille en s'esloingnant d'ici,
Va seillonnant iaZarde vn air plus adouci.

    La Grue ores assaut les bout-d'hommes Pygmées,
Et d'ongle courbe en l'air emporte leurs armées:
Vous crosseriez de rire, & verriez sous l'assaut,
Pleurer ces gräds scadrons qui n'ont qu'vn pied de haut?
On voit ore attraper les canards sur la glace:
Le liéure est découuert par le frais de sa trace:
Le renard languist ore: & les loups afamez
Vont vuidans à troupeaux de leurs antres fermez.
Les sangliers sont rongez par la faim dans leurs gistes:
Et les troupeaux rameus des cerfs aux iambes vistes,
En bramant d'vn long col, pour ces moys refroidis,
Aux landes & marais cherchent leur viandis.

    L'estat trop asseuré de la saison tremblante,
Retient dedans le test & la troupe beuglante,
Et la bestante troupe: & le tems endurci
Leur alongeant le froid rend leur foin accourci.
Le champestre qui voit son champ estre si triste,
Et l'eau qui suspendue à la cheute rezinste,
Atendant le retour de la ieune saison,
Gaillard faict bonne chere en sa chere maison.
Le repas acheué, quand c'est vn iour chommable
A ses gens assemblez il conte mainte fable:
Eux qui baaillent rauis en baillent à leur tour,
Et passent renfermez la froideur & le iour.
Quand c'est vn iour ouurier, au trauail il se rue,
Et lors chacun chez luy, comme luy s'euertue.
L'vn fait de bon souteau ces engins raboteux,
Qui pour tirer le soc tirannisent les bœufs:
L'autre de la charrue acoustre l'atelage,
Puis dessus son genou va tresser du cordage,

L'au

L'autre fait trefteaux, des fcabelles des bancs
Et de ces lits creußez à bercer les enfants.
Les vns n'ont en fouci que le foin & la paille,
Et les autres y ont les bœufs, la brebiaille.
L'vn tantoft pres d'vn char contre-fait le charron,
Tantoft comme vn Pefcheur fait vn filé larron:
Ou des meches de fil & de coton cordelle,
Pour les veftant de fuif, faire de la chandelle:
L'autre affis en vn coin va fon chanure tillant,
Puis changeant de befongne, il s'en va fretillant
Amorcer de lard chaud les langues des ratieres,
Et contre les fouris dreffe des fouricieres.
L'vn inuente penfif des trapuffes d'oifeaux,
Pour leur donner la mort aupres des viues eaux:
Et l'autre au Pigeonnier va rafcler les boujotes,
Et r'emmanche de neuf des ferpettes manchotes.
Bref, plus le fombre Hyuer augmente fa froideur,
Plus chacun au trauail y monftre fon ardeur:
Et moy tout au contraire au froid melancolique,
Achéue maintenant mon ardeur Poetique.
    Voila donc les faixons, dont le iour naturel,
Nous demonftre inconftant le cours perpetuel:
Et leurs âges font voir les quatre âges de l'homme,
Qui parmi leurs contours, fans retour fe confomme.
Ha! Deftin importun, qui emportes nos iours!
Quand l'année eft paffée, elle reuient toufiours:
Mais quand l'obfcure Mort nous a clos la paupiere,
Nous ne reuoyons-plus l'agreable lumiere:
Et cependant, cheftifs! iamais nous ne vifons
Au fruit plus eternel des Celeftes faifons.
Que face l'Apollon qui rameine l'année,
Quand ma chair fera froide en terre retournée,
Que pour veincre le cours des ans iniurieux,
Mon renom vole en Terre, & mon efprit aux Cieux.

A MONSEIGNEVR

LE DVC DE VANTADOVR,
Pair de France,&Lieutenant
general pour le Roy,
en Languedoc.

STANCES.

I.

G R A N D Pair qui sans pair en France
reluisez,
Duc qui sur Helicon les Muses conduisez,
Si mes vers vont vers vous qu'aucun ne s'en
estonne:
Le Destin eternel vous a donné mon cœur,
Mon cœur donne ces vers à vostre grand' douceur,
Et vostre grand' douceur vn grand sujeʈt m'en donne.

I I.

Grand Duc vous ressemblez cette Nymphe aux beaux
yeux,
Qui nasquit du cerueau du grand maistre des Dieux:
Pallas joint au sauoir la valeur courageuse,
Vous auez la valeur & le sauoir aussi:
Mais non, sans vn seul poinʈt vous seriez bien ainsi,
Vous estes en effeʈt, Minerue est fabuleuse.

I I I.

Duc [...] ment constant, race d'antiquité,

Braue Duc que i'admire, & qui par l'equité
Rendez voftre grandeur grandement illuftrée,
L'Aftrologue menteur dit qu'on ne voit ça bas
Aucun Aftre briller, mais ie ne le croy pas:
Car lon y voit au-moins luire en vous vne Aftrée.

I I I I.

Grand Duc, eft-ce pas vous dont le difcours profond
D'eloquence faconde eft trouué fi fécond?
Mais ie vous enten bien, ne m'en faites pas taire,
Pour voir ce fujet haut, & mon ftil abaiffé:
Car ie femble au charbon fur la neige verfé,
Qui fe rendant plus noir, rend plus blanc fon contraire.

V.

Ceux qui difent (grãd Duc) qu'õ ne voit point de Mer,
Qui du-moins quelque peu ne reffente l'amer,
En lieu d'vn doux Zephyr la Galerne les pouffe,
Dedans voftre eloquence ils n'ont fceu fe plonger,
Auffi beaucoup de gens fauent-bien nauiger,
Mais non pas s'abifmer dans vne Mer fi douce!

V I.

Douce Mer de bonté, puifqu'on voit luire ici,
Tant de vertus par vous, ie doy conclurre ainfi:
S'il faut qu'en l'Vniuers quelque Soleil on voye,
Vous eftes donques veu Soleil de l'Vniuers:
Mais las! ne foyez veu, ne daignant voir ces vers,
Ainfi que leur Leuant, le Couchant de leur joye.

NOVVEAVX CON-
TRECHANTS.

SONNETS.

I.

Enfant vn iour, m'aller mettre à mon aize
Paſſant l'ardeur de l'enflammé Iuillet,
Ie t'alay voir au iardin nouuelet,
Où bien ſouuent ta triſteſſe s'apaiſe:
Mais las! mon cœur vint comme vne fournaize
Où vont bruyant la flamme & le ſouflet,
Car ie receus par ta main vn œillet,
Et par l'œillet vne amoureuſe braize:
Ie penſoy lors que comme cette fleur
Mon feu mourroit, mais encor ſon ardeur
Deſpite l'eau de toute la Mer meſme:
Regarde donc ſi tu m'euſſes donné
Non cet œillet, mais ton cœur obſtiné,
Combien mon feu ſe monſtreroit extreſme.

II.

Enfant vn iour, m'aller mettre à mon aize,
Paſſant l'ardeur de l'enflammé Iuillet,
Ie m'endormis au iardin nouuelet
Où bien ſouuent ma triſteſſe s'apaize:
Lors ie ſongeay que pour l'amour mauudize
Dont tes atraits rendoyent mon cœur infect,
Ie reſſentoy la main du Tout-parfaict,
Qui ſe vengeant m'eſlançoit de la braize:

Ie n'ay depuis ſçeu r'aſſeurer mon cœur,
Et plus ie ſonge en ce ſonge menteur,
Plus contre Amour ma haine eſt veritable:
  Regarde donc ſi l'Eternel faſché,
Euſt en effect puni lors mon peché,
Combien l'Amour me ſeroit deteſtable.

CHANSONS.

I.

Argoton parmy les prez,
Au bord des ondettes,
De ſes doytelets marbrex
Tondoit les fleurettes.

Veux-tu voir luy dy-ie alors,
Des fleurs la merueillle?
Voy dedans l'eau de ces bords
Ta face vermeille.

Margoton à ces doux mots
Sa bouche me bouſche,
Emportant loin de ces flots
Sa trace farouſche!

Margoton, puiſque ton cœur
Eſt des plus volages,
Il fait bien d'aimer la fleur
Des herbes ſauuages.

Margoton, ſi tu eſtois
Quelque peu plus ſage,
Pour ces fleurs tu cueillirois
La fleur de mon age.

La fleur des prez ne sauroit
T'estre profitable:
Mais l'autre fleur te donroit
Vn fruit agreable.

Plus ic m'arreste en parlant
Moins elle s'arreste:
Et le seul flot se roulant
Parle à ma requeste.

II.

L E faux Amour par les prez,
     Au bord des ondettes,
De ses doys de sang pourprez,
Tondoit les fleurettes:

Il feint me monstrer alors
Vne fleur nouuelle,
Pour enfoncer dans mon corps
Sa flesche mortelle.

N'aten, fis-ie, qu'à tes mots
L'aureille ie preste:
Car ie ressemble à ces flots,
Que nul cry n'arreste.

Maintenant ie tien pour seur
Que tu n'y vois goute,
Puis que tu tires au cœur
Qui ne te redoute.

Ha!

Ha! chetif si tu estois
Vn petit plus sage,
Ce dit Amour, tu rendrois
Aux Dieux quelque hommage.

Ha, trompeur, qui se rendroit
A toy serviable,
Ce luy dy-ie, il semeroit
Son grain sur le sable.

Le pauure Amour s'en-alant
Cet outrage endure,
Et le flot en se roûlant,
Contre luy murmure.

ODELETTES.

I.

E gay Pigeonneau,
Chaud d'amour s'en vole,
Et au ieune ormeau,
La vigne se cole,
Tout aime, ô M'amour,
Il-faut qu'à mon tour,
Aussi ie t'acole.

Le Dieu Cyprien
Prouoque nostre ame,
Et te rendra bien
Franche de diffame,
Car seruant aux Dieux,
D'aucun enuieux
On ne craint le blasme.

Vray

Vrayment ie ne veux
Que perſonne die,
Qu'en-vain t'ont mes vœux
Si long tems ſeruie:
Or donques mon Cœur,
Donne moy de l'heur,
Ou m'oſte la vie.

I I.

CE doux Pigeonneau
    Qui chaſte s'en-vole,
Et le calme oyſeau
    Qui rend la Mer mole,
Ont vn chaſte amour,
En lieu qu'à ſon tour
Vû châcun t'acole.

Le fol Cyprien
Prouoque ton ame,
Et te rendra-bien
Pleine de diffame:
Vn cœur vicieux
Ne ſçauroit rien mieux
Atendre que blaſme.

Pour moy,ie ne veux
Que perſonne die,
Que comme amoureux
Mon cœur t'ait ſeruie:
Mais voudroy te voir
La mort receuoir,
Ou changer de vie.

CONTR'AMOVR.

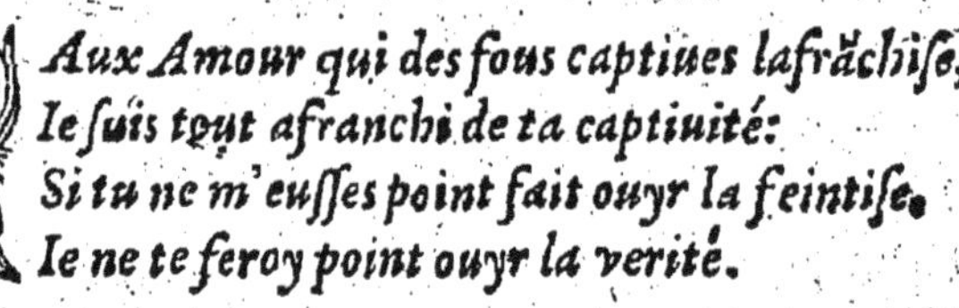

Aux Amour qui des fous captiues lafrãchise,
Ie suis tout afranchi de ta captiuité:
Si tu ne m'eusses point fait ouyr la feintise,
Ie ne te feroy point ouyr la verité.

C'est toy c'est toy, Sorcier, qui aux bestes egales
Ceux qui te sont donnez par la main du malheur,
Ils font chauds de ta flamme, ainsi que les cigales,
Ils chantent aueuglez plus ils sentent d'ardeur.

Ie le scay par l'essay, dex qu'en mon plus ieune age,
Pour tes actes meschants mes chants bordez de pleurs,
Remplissoyent d'ordinaire & le fol & le sage,
Cetuy-cy de regret, & cetuy-là d'erreurs.

Faux Garçon, n'es-tu pas ce poisson sans arestes,
Aussi mauuais au corps, comme bon au palais?
Car à ton arriuer ta douceur nous areste,
Et puis au despartir tu te monstres mauuais.

O Serpent, si sans plus il-faut estre ineffable,
Pour estre mis au rang des grandes Deitez,
Tu peux bien des grands Dieux estre assis à la table:
Car nul n'exprimeroit tes grands meschancetez!

O Peste,

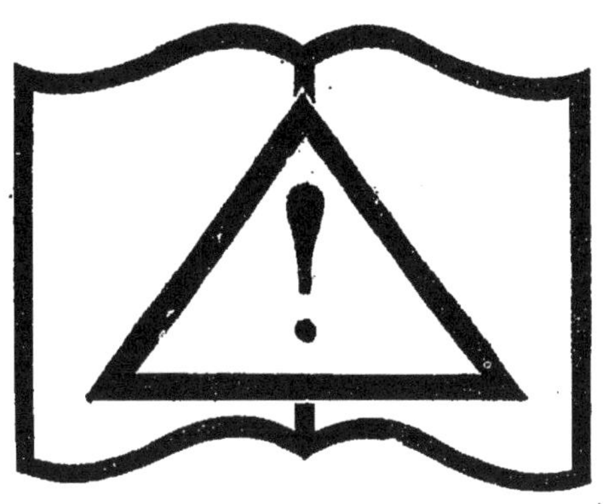

PAGINATION DECALEE

O Peste,ò faux Demon,à bon droit on atefte
Que tu es defcendu de la voûte des Cieux:
Mais tu n'es (auorton) que cette Ire celefte
Dont le Ciel irrité punift les vicieux.

Vous qui feruez de bute aux Cyprides fajettes,
Trouuans bleffez du fens,voftre torment fi cher,
Vous reffemblez,pauurets,à ces beftes fujettes,
Qui font gloire en marchant de fe voir cheuaucher.

Si ne perdreZ-vous tout,eftans aueques peine
Paruenus par Venus à voftre heureufe fin:
Car vos corps acquerront mainte douleur foudaine,
Vos maiZons maints enfans engendrez de larcin.

Vous foles qui dardez aux yeux qui vous regardent,
Les atraits & les traits dont Amour vous pourüoit,
Vous eftes,ie le fçay,ces Ptyades qui dardent
Vn eftrange venim dedans l'œil qui les voit.

Se faut-il eftonner de ces femmes Scytiques,
Qui en fe courrouçant font mourir par quatre yeux?
Mefchantes,vous tueZ par vos yeux impudiques,
Encor que vous riez & n'en ayez que deux.

Lunaires puanteurs,mortelles Tifiphönnes,
Puifque de vos cheueux le ferpent naift en l'eau,
Iugez dongues iugez fi vos teftes font bonnes,
,, Iamais d'vn aigle fier ne naift vn coulombeau.

Ne vous eftonnez-point,vous infernales ames,
Si les Fureurs vous font voftre mal importun:
Quel bien peut-on auoir des fureurs qui font femmes,
Puifque la femme ici fafche mefme chacun?

AMANT

Auant donc, faux Amour, que portant ta ſajette,
Deſſous ton eſtandart ie marche derechef,
L'homme deſſur la Terre ainſi qu'vne broüette,
Ira portant deux piéds, & marchera du chef!

EPIGRAMME.

CEtte laide & grand' mammeluë,
Qu'on oit parler ſi folement,
Eſt bien d'vn grand engin pourueüe,
Mais elle a peu d'entendement.

ANAGRAMME D'VNE
Damoyſelle.

Viſque ton nom veritable,
Puiſque ta douceur aimable,
Puiſque ta viue ſplendeur,
Puiſque ta riche nobleſſe,
Te font d'honneur la Deeſſe,
Tu es DAME DE L'HONNEVR.

Mais pourquoy dis-tu, ma Vie,
D'vne honneſte tromperie,
Que tu vis ſans ſeruiteur?
Puiſqu'on voit que ton cœur braue,
Rendant l'honneur ſon eſclaue,
Te rend DAME DE L'HONNEVR?

Vous

Vous qui flambez de colere,
Alors qu'vne langue amere
Vous a fait du des-honneur,
En lieu d'entrer en querelle,
Venez-vous plaindre à ma Belle,
C'est la DAME DE L' HONNEVR.

Sus, qu'au Temple de Memoire
Chacun contemple sa gloire,
Et luy soit d'honneurs donneur:
Si pourtant il faut qu'on nomme
Vn don, l'honneur que doit l'homme
A la DAME DE L'HONNEVR,

Honneur des Dames, si onques
Tu pris de l'honneur, pren donques
L'honneur que te fait mon cœur
Car il diroit dans la flamme,
Si l'honneur a quelque Dáme,
Tu es DAME DE L'HONNEVR.

AD

ADDITION POVR LES
HVMIDES DELICES,
ou Pescheries.

MONOLOGVE VI.
de la premiere partie.

LE DESTIN DE THARSIS.

IE chante maintenant le ſort ineſperé
Qui fit ſortir du Môde vn berger de Neré,
L'audacieux Tharſis qui châtoit ſa fortune,
Sur vn rocher côſtât de l'incôſtât Neptune.
Les fleurs ne ſe taiʒoyent, & le ſemeſtre oyſeau
De ſon noir bequillon preſchoit le Renouueau:
Cependant Philotis ſe pendoit d'vne roche,
Sur le bout de la Mer, pour d'vn inſtrument croche
Picorer dedans l'eau: car l'onde alloit riant,
Et les Palmiers és bords coys atendoyent le vent.
Mais las! que fait Tharſis? Il contemple l'aréine,
Et le ſeul ſouuenir de la peine le peine!
Il voit l'autre de loin, mais il croupiſt aſſis,
Sur vn roc haut de l'onde: Il n'eſt plus ce Tharſis,
Qui ſe traçoit maint los ſur les marines bornes:
L'aueugle ambition luy ajouſte des cornes.

Haï

Ha! malheureux deſir! Tharſis qui ſe connoiſt
Eſtre trop à ſon aize, ore ſe meſconnoiſt,
Et ne connoiſt chetif, flatant ſon entreprize,
Que tu flâtes les gens, connoiſſant leur ſotize!
Nul autre mieux que luy, ne ſauoit paravant
Seduire les poiſſons, reconnoiſtre le vent,
Façonner des outils nouuellement vtiles,
Ny raconter ſçauant pluſieurs choſes gentiles.
Tantoſt il racontoit des Romains qui ornoyent
Leurs poiſſons de joyaux, tant ils les eſtimoyent:
Oré à ſes compaignons il contoit ſur l'arene
Du Cenſeur qui pleura la mort de ſa Murene;
En condamnant ceux- là qui n'ont point pour les leurs
Dans leur bouche de pleints, ny dans leurs yeux de pleurs
Pareils à ces rochers où les vagues aboyent,
Qui ne s'eſmeuuent point pour les gens qui s'y noyent.
Tantoſt il racontoit de l'Eſtoille de Mer,
Dont l'eſtomac gourmand chaud digere le fer:
Or' du petit Gayon, des terreſtres Focilles,
Et des troupeaux fuyards des poiſſons volatilles:
Tantoſt comme le Thun-Aſtrologue ſauant,
S'arreſte où de l'Hiuer le froid ſolſtice prend
Ses bataillons quarrez: & tantoſt de l'Eſcare
Qui ſort ſon compaignon de l'ameçon auare:
Comme font les Barbeaux qui tranchent le filet,
Par vn dos afilé s'entr'oſtans du crochet,
Pour taxer les Humains qui font pour la rapine
Vomir vn fleuue chaud de l'humaine poitrine.
Tel eſtoit donc Tharſis, quand il aimoit ſes flots,
Mais ore il les renonce, & prononce ces mots.

   Ie ne veux plus errer ſur ces vagues errantes,
Pour guerroyer cheſtif, les eſcadres courantes
Des poiſſons emailleZ: car vn erreur plus beau

Me

Me fera bien errer autre part que sur l'eau.
Arriere les soucis de surprendre l'Esquaye,
Les bleus poissons d'Auril, les Sargons ou la Raye:
Baconner la Morue, & selon la saison.
Acoustrer mes barils pour la harangaison.
Ie vous delaisse donc, brigade mariniere,
Areneuse Ammothée & Spion cauerniere,
Acaste, Eurydomene, Acamarche & Zeuxon,
Et vous Tritons monstreux qui suiuez le poisson.
    Qu'auance Philotis, qui s'auance au riuage?
Il hazarde sa vie aueques du courage,
Et mesme la perdroit auec contentement,
Pour tromper les troupeaux du bruyard Element:
Mais de moy, i'ayme mieux signalé de naureures,
Aller aux ennemis ietter mille blesseures
I'en pourray paruenir à des honneurs diuers,
Voire au Fort estoilé de ce rond Vniuers.
Chacun craindra l'effort de ma forte vaillance:
Lors ie veux que mon toit exprime la semblance
D'vn superbe palais, sur le front de ces eaux.
Ie pourray voir l'Autonne enyurer mes tonneaux,
Et couché sans esmoy sur les fleurettes peintes,
Luxurier en blez mes campaignes enceintes:
Voire quand mesme alors le Monde passeroit,
La pauureté pezante à Tharsis ne nuiroit!
Alors que ie voudray que lon charge ma table
Par des mets superflus de poisson delectable,
Ceux qui de l'Esturjon humbles me seruiront,
De couronnes de fleurs leur chef couronneront.
I'auray pour mon plaisir comme iadis eut Crasse,
Vn poisson qui priué souuent suivra ma trace:
Ie quitteray pourtant les discours du poisson:
En lieu qu'auparauant i'exaltoy la façon

Qu'a

Qu'a des coys Alcyons la loyale femelle,
I'exalteray le los de ma Douce-rebelle,
Afin de l'atirer par des mots gracieux
A changer ses baizers aux miens delicieux:
Et si quelqu'vn s'opose à ma fortune heureuse,
Ie l'enuoiray gronder sur l'onde Stygieuse.

   Ainsi chantoit Tharsis, n'ayant rien si à cœur,
Que d'acroistre esblouy son renom & son heur.
Mais las! il fut trompé: La malheureuze pente
Du rocher orgueilleux, fut pour luy trop glissante:
Car le pauure Tharsis s'en voulant en aller,
Se sentit du plus haut iusqu'au goufre couler:
Il s'agrafe des mains, en-fin les bras luy faillent,
Il chet, la Mer en bruit, lors les ondes qui baaillent,
Le baillent aux poissons: & luy qui parauant
Des troupeaux de Neptun gaillard alloit viuant,
Se voyant ore apast des troupeaux de Neptune,
De maints cris esclatans importune Portune:
Glauque s'en esbahist: L'escadron argenté
Des Nymphes de Tethys, la riuagere Acté,
Durymeduse & Thée & Ianire atrayante,
Acourent vistement à la roche noyante:
Mais connoissans Tharsis, en lieu de l'assister,
Aux flots & aux poissons le laissent emporter!
Et lors le malheureux par cette mort cruelle,
Comme Icare jadis, fit la Mer immortelle.

   Or donques voyagers qui volez incertains
Par les ailes des vents, aux climats Myterrains,
Lors que vostre desir ou vos nefs vagabondes
Vous feront transporter sur les Tharsides ondes,
Si lon vous prend d'ailleurs le nom de ce Neré,
Nauchers, le croyez pas: car son nom est tiré
De l'orgueilleux Pescheur qui chantant sa fortune,
Cheut d'vn rocher constant dans l'inconstant Neptune.

MONOLOGVE VI.
de la seconde partie.

LE FORTVNE'.

Vx riuages d'Elor vn Pescheur amiable
Pour estimer prudent sa fortune agreable,
Et se monstrer humain, vesquit opulemment,
Et causa maint bõ-heur:ie vous diray cõmẽt:
Son sens, son œil, sa main, & sa bouche sauante
Estoyent en action: Son sens subtil inuente
Des pescheux labyrints, son œil les auisoit,
Sa main leur donnoit forme, & sa bouche disoit.
 Tu n'es point, (mon Elor) semblable aux eaux profondes
D'vn fleuue ambicieux, qui serpentant ses ondes,
Foule diuers pays: Tu n'es semblable, Elor,
Ny au Gage gemmeus, ny au Gange port'or.
Tu n'as comme le Nil vne isle spacieuse,
Vne grand' Meroé, qui porte precieuse
L'or l'argent & l'ebene:& ie say bien qu'aussi
Tu n'es pas comme l'eau, qui non pas loin d'ici
Nourrist des longs poissons qui trop simples sautellent
Vers ceux de Syracuse, alors qu'ils les apellent.
Mais voila, mon Elor, las! mon Elor, pourtant
Depuis mes simples ans, ie t'aime tout autant
Et plus que fleuue encor qui nage sur la Terre!
Voire onc ie n'enuiay ceux qui font mieux la guerre
Aux poissons de la Mer, ny les plus entendus
Qui tendent diuers laqs sur les lacs estendus:
Car ie suis maintenant comme ie seroy mesme
Si mon contentement estoit du-tout extresme.

Que

Que si ce fleuue n'a tout ce qu'on voit ailleurs,
On y voit rarement estre sourdes les fleurs:
Mars ny vient maintenant pour glacer nostre somme,
Ny les Autans plombez n'y font trop pesant l'homme.
Ce fleuue qui coulant va d'vn ferme rumeur,
N'haleine sur son bord vne pesante odeur:
L'herbe n'y est trompeuse, & le greslant orage
Laisse venir nos fruicts à la fleur de leur age.
Ie croy bien que viuant pres de quelque autre flot,
Ou suiuant Erastis & le gay Philimot,
Qui cherchans amoureux la volupté commune,
Laissent pour s'enrichir , le doux-coulant Neptune,
Plus de testes pourroyent dans ma bource tinter:
Mais cela ne scauroit plus de bien m'aporter.
,, Quiconque se contente assez a de richesse.
Ainsi chantoit gaillard ce pescheur qui ne cesse,
Iusques à tant qu'il voit cet Oeil froidement clair
Qui verse aux yeux le somme, & l'humeur dedans l'air.
     Le troupelet sacré des Charites brunettes,
Changea pour l'escouter à ces flots ses ondettes:
Ces Sœurs aiment le bain, pour monstrer qu'vn bienfaich
Doit pour estre fait-bien , estre purement fait.
Son chant les fait pleurer, mais c'est d'vne grand ioye,
Et pour n'en voir la fin, taschent qu'il ne les voye.
Heureux heureux Cosmin, à qui l'heur fait auoir,
Non vn espoir sans bien, mais vn bien sans espoir!
     Ainsi qu'il acheuoit son chant & son ourage,
Il commence estonné de les voir au riuage.
Elles auoyent l'œil ieune ensemble se ioingnoyent,
Rioyent , & sus leurs corps nul voile ne tenoyent:
Pour monstrer qu'il ne faut qu'vn plaisir se vieillisse,
Qu'il faut que tout bien-fait engendre vn benefice,
Qu'on doit auoir donnant le visage gaillard,

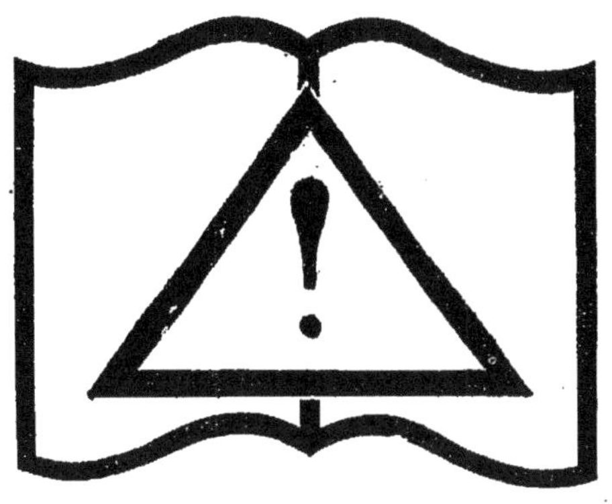

PAGINATION DECALEE

Et qu'il faut qu'vn present soit absent de tout fard.

   Lors craintif il s'en va:Ces Nymphes le suiuirent,
Puis entrans sous son toict,ces mots elles sortirent:
Ne veux-tu pas,amy,nous laisser pour ce soir,
Sous le toit enchaumé de ton humble manoir?
   Ie seroy-bien,dit-il,esloigné de prudence,
Mesprisant à present vostre belle presence:
Or venez,venez donc:Mais las!excusez-moy,
Si ie ne ren,parlant,l'honneur que ie vous doy,
Pour ignorer vos noms:& si vous n'auez filles,
Autant de bon acueil que vous estes gentilles.
Ie ne suis point de ceux qui ont force logis,
Ie n'ay pour me loger las!qu'vn autre taudis,
De vieillesse tout verd,où la muraille pousse
La froide Paritoire,& la moiteuse Mousse:
Bien souuent mon gueret,(sans me pleindre pourtant)
En lieu d'espis crestez,ne me va raportant,
Que des pers Aubifoins,que des Pied-d'alouettes,
Que des Coquelicoqs,Pieds-de liéure,& Clochettes:
Et qui pis,(disoit-il aprestant le repas,)
Le poisson cauteleux fuit souuent mes apas.
   Ainsi sa pauureté l'enrichist de langage,
Car il craint que ces trois n'aportent d'avantage
D'honneur dans son cazot,qu'il n'en rendra iamais:
Tellement qu'il choisist le Brochet le plus frais,
Il l'estripe,il l'escaille,vne partie est cuite
Au plat sur le reschaud,& l'autre en l'huile est frite:
L'humide Carpe y est:Il assied tout de rang
Les plats dessur la table,& les Nymphes au banc.
Il leur tranche du pain,& d'vne alaigre face,
Du boire & du manger l'apétit leur efface.
Le souper acheué,luy s'en-va d'vne part,
Elles d'autre costé,coucher sur le fueillard.

                     C 3

Si toſt que l'aube iaune eſpandit la lumiere,
Ce troupelet impair va r'ouurant la paupiére,
Opoſant gracieux des Soleils au Soleil:
Et l'hoſte auoit premier ſecoüé le ſommeil.
Hoſte, diſent ces Sœurs demande à tes hoſteſſes,
Tout ce que tu voudras, car nous ſommes Déeſſes.
Las! Déeſſes, dit-il, Déeſſes, ſeulement
Souuenez-vous de moy non de mon traitement,
Car vous auez receu contre voſtre merite,
D'vne pauureté grande vne chere petite!
Pauuret! il ne vouloit encor' qu'il le peuſt bien,
Se faire ſurpayer, pour accroiſtre ſon bien:
Ce que voyans les ſœurs luy tiennent ce langage,
Nous voulons, & les Dieux de ton courbe riuage
N'en ſeront point marris, que tes flots s'épanchans,
A la mode du Nil, fertilizent les chams:
Afin qu'en engerbant tes eſpis tu n'y mettes
Les vains Coquelicoqs, Pieds-de-lieure & Clochettes
Voire que le poiſſon vienne deſur le bord,
Cercher dedans ta main ſon repas & ſa mort.
    Alors le bon Coſmin leur rendit mille graces,
Et pour n'auoir cerché que la grace des Graces,
L'engrais & les poiſſons des flots Eloriens,
Dans peu de temps apres le remplirent de biens.
    Voilà pourquoy ces eaux encor rendent fertile
La froumenteuſe plaine en la riche Sicile:
Que les poiſſons priuez encor priuez de peur,
Prennent le feint apaſt en la main du Peſcheur:
Et qu'on y voit touſiours aux riues ſpacieuſes,
Exalter le renom des Nymphes gracieuZes
Qui firent enrichir & renommer encor
Vn Peſcheur amiable aux riuages d'Elor.

A WON

A MONSIEVR DV PONT,
sur sa Pandore d'Amour.

STANCES.

I.

L faut (mon cher Du Pont ,) qu'à ta belle
    Pandore,
I'apende ore des vers , qui monstrent que
    i'honore
Les esprits inuenteurs d'vn suiect non commun:
Mais pourroy-ie assez haut exalter tes merites?
Mais non, si tu voulois le los que tu merites,
Par-ce qu'il est trop grand, tu n'en aurois d'aucun!

II.

Qu'aucun n'apelle plus cette femme execrable,
Par qui le monde immonde est rendu mizerable:
Son malheur a fait naistre vn bonheur precieux:
Car ce que tant de maux cette femme nous liure,
Est cause que Du Pont nous liure ore son liure
Qui deliure nos cœurs de l'Amour vicieux.

III.

Ta Pandore est contraire à l'autre en maux feconde,
L'autre par ses malheurs, Du Pont, perdit le Monde,
Le Monde par la tienne, ores perd ses malheurs:
Mais elles ne sont point en vn poinct dissemblables,
Car cette autre Pandore eut les Dieux fauorables,
Et la tienne a receu les Diuines faueurs.

IIIL.

Ta Muse te fait voir si doucement estrange,
Que le blasme d'Amour t'aquiert de la loüange,

La loüange t'aquiert vne ample eternité,
Mais cette eternité t'aquerra de l'enuie:
Toutefois des Mortels ceste enuie a sa vie,
Et le mortel fleschist sous l'immortalité.

V.

Amans que vous sert-il d'vne veine si vaine,
D'escrire tant de vers, pour descrire vne peine,
Qui feinte vous aporte vn vray destournement?
Ne parlant que d'amour, chanson tant rechantée,
Vous faictes qu'à vos vers nulle amour n'est portée:
Où du Pont est aymé qui l'amour va blamant!

V I.

Esprits n'estes vous pas ces pillardes mouschettes,
Qui font vn doux ouurage en des pasles ruchettes?
Car si vous n'estes pleins comme elles de doux fruict,
Vous pillez çà & là les fleurs de vostre ouurage:
Et si l'abeille meurt quand elle a fait dommage,
Aussi vos vers nuisans vont soudain sous la nuit.

V I I.

Non non, quoy que ie die, Escriuains, ie vous di
Mais c'est de la façon dont vn poison extreme
Est aimé de quelqu'vn pour se vanger d'autruy:
Car lors que contre aucun ie chercheray vangeance,
Ie veux qu'en vous lisant il face penitence:
,, Souuent ce qui vaut peu donne beaucoup d'apuy!

V I I I.

Or à toy ie retourne à qui ce bas ouurage,
Donne d'vn grand vouloir vn petit tesmoignage:
Que ta Pandore vueille ore prendre ces vers:
Et cetuy-la qui rend le desir fauorable,
Versant sur nous, Du Pont, sa faueur desirable,
Fera nos vers ynis voler par l'vniuers.

L'ESPINGLE.

A vne Dame.

Ais voudras-tu Demy-déeſſe,
Voudras-tu prendre en alaigreſſe,
Le beau le grand le haut preſent
Que ie te preſente à preſent?
C'eſt vne eſpingle bien teſtue,
C'eſt vne eſpingle non tortue,
Vne eſpingle au corps roidelet,
Vne eſpingle au corps primelet,
Eſpingle gente argentelette,
Eſpingle aigue & damerette,
Eſpingle que daigne former
Ma Muſe pour ſe conformer
A la belle & docte Nature,
Qui là fait rire vne verdure,
Icy fait orgueillir vn mont,
Et là bruire vn fleuue profond:
Bref, vne eſpinglette qui pique
Par vne pointe Poetique,
Eſpinglette qu'on ne voit pas,
Et dont peut-eſtre on fera cas.
   Tu la prendras, ô toy qui paſſes
En gentille grace les Graces:
Celle dont la chaſte beauté
Semble ta belle chaſteté,
Diane la grand chaſſereſſe,
La prit vn iour en grand' lieſſe

De Minerue authrice des arts,
Pour fermer l'objet des regards
Des Faunes qui sous les ombrettes
Fols venoyent voir ses mammelettes:
Ses mammelettes qui au frais
Faisoyent sans s'arrester iamais,
Comme l'ondette aux riues peintes,
Quand de doucelettes contraintes
Les Fauonneaux molettelets
Repoussent les doux flotelets.
Pres d'elle la troussée Hyale,
Et Nyphe qui la neige egale,
Et les Nymphes porte-carcois
Estoyent sous les cheueux du bois:
Tousiours depuis les Damoiselles
Ont eu mainte espingle sus elles.
L'espingle les pare au dehors,
L'espingle rempare leurs corps,
Car bien souuent elle esgrafigne
L'indigne amant qui les indigne.
   Espingle au petit bequillon,
Espinglette au ferme aiguillon,
Espinglelette reluisante,
Espinglettelette atachante,
   Qui des Dames te fais toucher,
A leur leuer & leur coucher:
Que diray-ie encor feminine,
Enfantine, diuine, fine?
Diray-ie que la plume fait
Par toy seule vn rond tout d'vn trait?
Faut-il qu'ore ici ie sousttienne,
Petite Geometrienne,
   Que tu as aux proportions,

Monstré maintes perfections?
Que tu trouuas l'espace egale,
Pour faire d'vn trait vne ouále,
Et fis qu'on sait faire d'vn trait
Vn triangle par vn filet?
    Mais espinglette rondelette,
Dont la longueur est courtelette,
D'vne courtelette longueur
Mon chant doit chanter ta valeur:
Il-faut que ta valeur se chante
Par l'Immortalité puissante:
La puissante Immortalité
Dit qu'elle seule a merité
De chanter ta gloire eternelle,
Pour se rendre plus immortelle!
Va donc ainsi voir seulement
Celle où gist mon contentement,
Te contentant si ta rudesse
Contente vne telle Déesse.

C 4

LE COVLOMBEAV.

A Monſieur Coulomb, Lieutenant de Bailly au pays de Viuarets.

'Eſt toy c'eſt toy, gentil oyſeau,
Mon beau Coulomb, mon Coulombeau,
Mignard à la pate patue,
Baiſard à la bouche pointue,
Qui ſur tous bon-heurs amoureux,
Monſtres tes amours bien-heureux:
C'eſt toy, ma douce beſtelette,
C'eſt toy, ma beauté doucelette,
Qui me fais en parlant, par l'air,
Apres ton cours volant voler.
   Dieu te gard, race Paphienne,
Race Cypride & Samienne,
Oiſeau viſte, oiſeau treſmouſſant,
Et blandiſſant & blanchiſſant;
Es-tu pas des oiſeaux agiles,
   Qui trainent aux plaines mobiles
Où les nuaux font leurs ſejours,
La douce mere des Amours?
Es-tu pas, ô beſte groûlánte,
De ceux de la troupe volante,
   Qui quand huit Eſtez ont eſté,
Perdent la viuante clairté?
   Dy-moy dy-moy, beſte ergotée,
Beſte coye, & beſte affettée,
Oiſeau chaud, oiſeau de tout l'an,
Priué hupé, porte-carcan,

Quel aize coule en ton courage,
Sentant d'Amour la douce rage,
Mesmement aujourd'huy qu'au lieu
De ce triste & superbe Dieu
Qui rendoit mainte ville vile,
Tu vois que mainte fille file,
Et paissant en paix ses brebis,
Les meine aux plus herbeux herbis?
Sans auoir crainte que la Crainte
Face plus sa face desteinte,
Elle hausse ses plaints tranchants,
Et les chams escoutent ses chants.
Cependant, oiseau d'Idalie,
Cependant, ô mon bien, ma vie,
Cependant tu tendors au son
De sa tremblotante chanson:
Ton bec dans tes plumettes entre,
Et tes petons pressent ton ventre.
Tu n'as plustost par le resueil
Secoüé l'aile & le sommeil,
Que t'en-volant à l'auanture,
Tu quiers la plus verde verdure.
Par ton vol, ton col piolé,
S'aproche d'vn flot reculé:
Mais lors ta Moitié fretillarde,
Ta Coulombelette baizarde,
A fin de fuyr tous regrets,
Te suit pres de ces flots segrets.
    Là là ma simple bestelette,
Tu vois mainte beste simplette,
Maint poissonnet qui au coulant
Se tortillonne en sautelant.
Tu regardes ces eaux mobiles

Troter par chemins indociles,
Par chemins aux bords boüillonneux,
Peuplez de Peupliers cotonneux.
Tu te plais de voir ces ondettes
Mouuoir des querelles doucettes,
Et les caquetards Zephyreaux
Parler aux begayantes eaux.
Puis beuuant tout d'vne gorgée,
Tu chasses ta soif assechée:
Mais quoy? Coulombeau fretillard,
O mignard, tramblard & roüard,
Tu n'alentes point la grand' flamme
Qu'Amour fait en ta petite ame!
Ta femme sur les bords moussus,
S'abaisse, & tu sautes dessus,
Tantost sur le bord du riuage,
Elle mire son blanc plumage:
Tantost tu vas en te branlant
Sur vn roc coulant roûcoulant,
Pres de ta Coulombelle belle,
Et reçois vn coup d'aile d'elle,
Qui part pour t'impartir ailleurs
Toütes ses plus douces douceurs.
    Alors folastre, elle te meine
Au recul ombreux d'vne plaine,
Prendre cent baiserets sucrins
Entre cent Coulombs coulombins,
Et vous n'auez aux verts ombrages
Aucun ombrage en vos courages.
Ta belle & fidelle Moitié,
A le tout de ton amitié:
Tu n'es las! (ô beste paisible,)
Tu n'es à personne nuisible:

Außi

'Außi tes honneurs sont plus grands
  Que de tant de voleurs volants.
    Qu'on ne vante & l'Aigle & la Grue,
Encor qu'ils trauersent la nue:
L'vn aux bestes fait mille maux,
Et l'autre au Roy des animaux:
L'vn perd les troupes emplumées,
'L'autre ces nabots de Pygmées.
Mais toy, mon petiot oyseau,
Mais toy, las! humble Coulombeau,
Tu n'assaus pour faim qui t'assaille,
  Que quelque legere triaille:
Autant ou plus heureux encor
  Que ces Griffons qui gardent l'or,
Et dont les griffes quadruplées
Marchent aux Indes reculées.
Puis quand les flambants limonniers
S'en vont boire aux flots mariniers,
Et quon oit huer la Hulote,
Tu ne bouges de ta boujote.
    O vie heureuse! actes plus saints
  Que ne sont les actes humains!
L'homme vse aux femmes de cautelle,
La femme aux hommes n'est fidelle:
Et nul ne porte nul ennuy
D'ennuyer sans raison autruy!
Mainte paßion differente
Indifferemment nous tormente:
Le Ciel, le haut Ciel cependant
Va souuent sur l'homme grondant:
La terre mere haïse despite
Contre vne race ainsi maudite:
Et l'homme (l'endurci qu'il est)

                                  Connoist

Connoiſt bien qu'au Ciel il deſplaiſt,
Voit que la Terre en eſt marrie,
Et ſi ne peut changer de vie.
    Mon Dieu!mais où s'en eſt volé
Mon petit Coulomb griuole?
Si veux-ie bien,ô toy que i'aime
Autant ainçois plus que moy-meſme,
Te faire vn don humblement beau,
Mon C O V L O M B,de mon Coulombeau.
Tu l'auras donc,l'oiſeau qui vole
Encor plein de jeuneſſe fole:
Mais s'il ne te contente bien,
Voy qu'il ſe contente de rien.
    Va donc à luy,(petite beſte,)
Et ſi dans ſa grace il t'arreſte,
Ne crain ny les becs rigoureux
Des oyſeaux les plus dangereux,
Ny les ateintes redonnées
Par les tournoyantes années.

C C

CONTRE VNE MES-
chante femme.

Est toy donc qui me veux contraindre
Sans me faußer de te déspeindre,
Qui sans contrainte as faußement
Despeint ce gracieux Amant,
Qui sert d'ame aux Dames, & mesme
De Damon à quiconque l'aime!
Triste Erynne, triste Alecton,
Qui vas alaiter chez Pluton,
La troupe horrible & serpentine
Des noirs enfans de Proserpine,
Medéanne qui marmonnant
Irois la terre empoizonnant,
Ny tes patenostres pendantes,
Ny tes ofertes si frequentes,
Ny ce qu'aux iours plus solennels
Tu vas tant ronger les Autels,
N'empeschent point, ô fauce femme,
Que tu ne sois Sorciere infame.
Non plus que tous tes atirails,
Ton fard, tes pendants, tes camails,
Tes miroirs, tes robes ornées,
N'empeschent tes vieilles années.
On t'a veuë oindre bien souuent
Ta veuë au sang d'vn Cha-huant,
A fin d'esclaircir tes prunelles,
Lors que la nuit estend ses ailes.
Voire assembler des animaux
Qui d'espece sont inegaux,

Pour

Pour de leur race abastardie
T'ayder en ta sorcelerie.
On t'a veüe ayant mille fois
Du feu, du soufre, & de la poix,
Et contournant tes yeux terribles,
Barboter des choses horribles:
Te faire entourner de serpents,
Destourner la course des vents,
Faire tonner haut sur la Terre,
Aterrer le puissant tonnerre,
Et composant tes faux anneaux,
Vers & caracteres nouueaux,
Regarder dessus toute chose
Comment la Lune se dispose:
Car pour ses humides froideurs,
Elle a des corps superieurs
Les influences que feconde
Elle enfante puis en ce Monde.

On ne peut mentir en disant
Que le mensonge t'est plaisant:
Que l'auarice insatiable
Te remplist d'vn heur mizerable,
Et ton logis loge tousiours
Mondain les immondes amours.

Non non, que ta raison ne pense
Que sans raison ces mots j'auance:
Ie produy pour tesmoins certains
Ton corps, ton visage, & tes mains,
Tes mains dont la lineature
Seule dit ta fausse nature.
Car le Pere du genre humain,
Tout-sage n'a rien fait en-vain:
Et nos mains pour s'estre pliées,

N'ont fait ces lignes desliées:
Lon ne pourroit pliant les doys
Faire vn triangle ou vne croix,
Puis tous peuuent leurs mains contraindre
Et non mesmes lignes y peindre!
Mais comme l'interne chaleur
Fait fueiller la raue en longueur,
Et l'humide froid fait qu'on cueille
Au pourpier vne courte fueille:
La chaleur seche va formant
L'estroit & long lineament,
Et la grande froideur moiteuse
Fait la ligne courtement creuse:
Mais il me faut donc reuenir
A ce que ie veux maintenir.
Ta Saturnienne nature,
Ta si raboteuze stature,
Les arceaux si ioints de ton front,
Et les trois angles qui se font
Par la Saturnienne voye,
Celle de Nature & du foye,
Dans ta main, (où i'ay tout expres
Autresfois regardé de pres,)
Monstrent que ta plus grande gloire
Gist en vne science noire.
Ta grand' bouche, tes grandes dents,
Et ces rameaux qui vont tendants
De cette ligne qui s'appelle
Commune, vers la naturelle,
Monstrent que le mensonge vain
Est ce qui t'est le plus certain.
Ton œil de trauers qui s'enfonce,
Ta grande auarice denonce:

Aussi

Auſſi bien que tes doys qui courts,
Vers ton pouce enclinent touſiours.
Mais voit-on pas, vieille lubrique,
Voit-on pas ta vie impudique,
Par ces naʒeaux largement grands:
Par ces poils longuement couurants
(Pour ta chaleur trop abondante)
Ta grande bouche noirciſſante;
Par la rougeur qui vit en toy,
Et ces points ſous ton petit doy?

    Ie cache les maux que reuellent
Les points inegaux qui tauellent
Les bords noirement parſemez,
De tes ongles enuenimez.
Mais ſi ne te veux-ie pas taire
Ce qui te doit eſtre contraire.
„ Ce nous eſt encore de l'heur,
„ D'auant-ſauoir noſtre malheur.

    Remarque l'eſtoileuſe marque
Que tres-bien marquée on remarque
Au bas de ton doy du milieu:
Cela te menace d'vn lieu,
D'où tu ne verras priſonniere
Long tems qu'vne chiche lumiere:
Meſchante auſſi qui as des yeux
Indignes des flambeaux des Cieux!

    Mais te diray-ie vne autre peine
Autant horrible que certaine?
Tu portes comme vn demi-rond
Au deſſus du Solaire mont,
Et par là ta main repreʒente,
Qu'vn iour la flamme puniſſante
Apres maintes aduerſitez,

Punira

Punira tes iniquitez.
  Et voila donc, infortunée,
Ton infortune destinée:
C'est vn destin infortuné,
  Que Fortune n'a destiné.
  Que lon ne me vienne plus dire,
  Que le vray du faux lon ne tire:
Car ce que i'ay dit verité,
Procede de ta fausseté.
Mettre vne personne en diffame,
  Qui iamais personne ne blame!
Mais c'est assez: Apren d'ici
  Que c'est que de blasmer ainsi
Celuy qui n'a point de semblables,
Et n'est blasmé que des blasmables.

CON

CONTRE LA VAINE
Ambition.

C E n'eſt pas dujourd'huy que l'ãbitiõ vaine
Suit d'vn pas aueuglé noſtre nature Hu-
　　maine!
Ce n'eſt pas dujourd'huy que l'homme au-
Veut en-vain dejeter l'Ineffable des Cieux:　　(dacieux
Semblable à cetuy-là qui bleſſé de ceruelle,
Voudroit ſans eſchelons monter par vne eſchelle.
　Ie ne veux diſputer ſi ces gens deſconfits,
Ces Géans, Ephialte, Encelade, Typhis,
Mettans roc deſſur roc, montaigne ſur montaigne,
Voulurent ſubjuguer la Celeſte campaigne:
Si ç'ont eſté des gens qui pour ne croire vn Dieu,
Furent creus entreprendre à l'oſter de ſon lieu:
Ou ſi ce ſont vapeurs qui ne trouuans ſortie,
Dans les creux tournoyans de la Terre endurcie,
Rompent ſortans en fin, les monts plus haut montez,
Et ſemblent les hauſſer iuſques aux Cieux voùtez.
Ie ne veux diſputer ſi celuy d'Agrigente,
　Quand la nuit eut caché la Terre ſommeillante,
Voulut ſe deſrobant s'eſlancer au Gibel,
A fin qu'euanouï lon le creuſt immortel:
Ou ſi l'ardant dexir qui le bruloit d'aprendre,
Le fit comprendre au feu qu'il ne pouuoit comprendre.
Ma Muſe à cette fois par là ne monſtre pas
Ce vice qui plus haut met les hommes plus bas.
　En la noire, alterée, Africaine Lybie,
Où les les gens vont menans vne ſauuage vie,
Sans foy, ſans vn vray Dieu, qui reſident ſans plus

Proye aux monstres meschants par les chams estendus:
Vn qui tâchoit d'oster par quelque adresse fine,
Au plus loüable Dieu la loüange Diuine,
Songeoit dix mille maux, (quel mal ne songe vn cœur
De qui l'orgueil boufi s'est rendu le veincueur?)
Enfin le Roy subtil des infernales-plaines,
Qui pour trop grand orgueil suporte tant de peines,
Connoissant cetuy-là qui ne se connoissant,
Vouloit estre connu pour vn Dieu tout-puissant:
Pour trouuer vn pareil en douleurs nonpareilles,
De sa voix, le tentant, luy frapa les aureilles.
,, Si tost qu'a quelque mal nous venons à pancher,
,, Satan qui nous circuit, nous y fait trébucher:
,, Satan sans fin est fin, veu-que l'experience
,, Luy donne toute humaine & Diuine science,
,, De nature il est tel que les Anges meilleurs,
,, Et s'y fait transformer pour difformer nos mœurs.
     Vn iour dans l'egaré d'vne forest sauuage,
Estant homme en effet, & vn Dieu par image,
L'ambitieux Psaphon (car ainsi se nommoit
Celuy qu'vn feu d'orgueil nuict & iour consumoit,)
Comme ses iambes sont par le hazard poussées,
Porte ses pieds au frais, son esprit aux pensées.
Il s'atend à Satan: S'il oit les Fauonneaux,
S'il entend begayer les langues des rameaux,
S'il escoute l'Echo qui parle entre les fentes,
Et s'il oit des oyseaux les pleintes differentes,
Il pense que dé-ja c'est le los souhaitté
De sa sainte ou plustost sa feinte Deité.
     Miserable exécrable & trompable Lybique,
D'où descend le dessein de ton courage inique?
Celuy qui va poussant tes pensements peruers,
Met ton desir aux Cieux, mais ton ame aux enfers,

Car

Car comment ferois-tu ce qu'en vain te suggere
Celuy qui plus puiſſant pour ſoy ne le peut faire?
Mais vn ſi grand erreur ne ſauroit t'eſtre oſté,
Ie te voy trop fidele à l'infidelité!
  Les oyſeaux donc ſur tout luy ſemblerent capables
Pour changer en effets ſes deſirs deteſtables:
Et plus il s'y arreſte, & plus le gazoüiller
Des citoyens des airs, le venoit chatoüiller:
O braue Dieu, qui veut le faux pour ſes loüanges,
Les Enfers pour ſes Cieux, les oyſeaux pour ſes Anges!
Par engins, par gluaux, par maints filez larrons,
Il vole la franchize aux volants eſcadrons.
Et ce Dieu d'oiſeleur prend la Pie agaçante,
La Pie au bec larron, à la voix eſclatante,
Prend les Geays qui aux flancs ſont de bleu piolez,
Prend les Merles bauards de noir emmantelez,
Prend l'Etourneau parleur, & te prend meſme encore
Toy qu'en toute ſaiſon la verdure decore,
  Qui hais les bleus ſerpents, aime-vin chanſonnier,
Perroquet au iazard & docile gozier.
Il les enferme au clos d'vne cage bien grande,
Y met mainte perchette, & l'auge & la viande,
Puis il marie actif l'artifice à leur voix,
Enſeigne ſes oyſeaux en langage Gregois,
Et donne mauuais maiſtre à ſa troupe eſcoliere,
Pſaphon eſt le grand Dieu, pour leçon couſtumiere.
  Peu à peu ces oyſeaux aprennent d'exalter
Celuy qu'on ne ſçauroit dignement deteſter:
Et par ces animaux s'anima d'auantage
De ce damnable Dieu l'ambicieux courage!
L'ambition reſſemble à l'haleine du vent,
Touſiours plus elle va, plus elle va croiſſant.
Il n'eſt donc pas content que ces beſtes parleuſes

Priſent

Prifent dans leur prifon fes loüanges menteufes,
Il faut il-faut qu'encor les plaines & les monts,
Les bois & les coutaux, en efcoutent les fons.
Il redonne fans feinte aux oifeaux la franchife,
Afin que franchement ils prefchent fa feintize:
Les vns il lafche aux bois hautes maifons d'oifeaux,
Les autres par la plaine autres fur les coupeaux:
Si bien qu'il n'eft coupeau, plaine & bois en Lybie,
Où ce docte troupeau fa leçon ne redie.

   Pfaphon en refiftant auoit apris le los
De fa Deité fauffe, à ces Prophetes faux,
Ceux cy le font aprendre à l'efcadre volante,
Le volant efcadron à l'Echo reparlante,
L'Echo le va femant dedans l'air fpacieux,
Et l'air qui en rezonne en eftonne les Cieux.
Les Afriquains rauis y repenfent fans ceffe,
Puis fe laiffans bander du voile de fineffe,
Qu'eft cecy (difent ils) Quel eft ce Dieu fi grand,
Que les peuples des airs aux deferts chantent tant?
Auons nous ignoré la Deité plus grande?
Cecy diuinement pour certain nous commande
D'adreffer tous nos vœus & dreffer des autels
A Pfaphon le Seigneur des Seigneurs immortels!
   Ainfi tous d'vn accord ces miferables firent,
,, Car pluftoft que le bien les pechez nous attirent.
Voila comment Pfaphon iufqu'au Nil furcroiffant,
Fut ferui du commun comme vn Dieu tout puiffant;
Voila comment encor pour fleftrir ce fuperbe
Les oyfeaux de Pfaphon, font vn commun prouerbe:
Et maintenant ce crime en François i'ay chanté,
Pour rendre des François ce crime detefté.

DISCOVRS.

De l'Astronomie inferieure.

E N l'antique saison que l'equitable Astrée
Estoit non encor Astre icy bas honnorée,
Que Ceres, que Denis, que Priape germât,
Sans semer, sans tailler, sans planter nulle-
Es plaines, es costaux, es rians iardinages,   (ment,
R'aportoyent les espis, les raisins, les herbages:
Qu'on ne voyoit briller la fureur sous le fer,
Ny renuerser les Pins pour trauerser la Mer:
Que les bœufs ne mouroyent frapez des mains Humai-
Et l'auarice encor n'auoit borne les plaines.   (nes,
Bref, en l'age doré (s'il le faut croire ainsi,)
Nature qui de l'homme auoit plus de souci,
Ayant fait l'or és creux de la Terre profonde,
Le poussoit d'elle mesme aux yeux de tout le Monde:
Tout le monde au bezoin aloit querir de l'or,
Sans s'enquerir content, doù venoit ce trezor.
Mais depuis qu'au desceu de la simple Iustice,
Les Mortels eurent fait trop immortel le vice,
Qu'on vit trembler l'iuroye aux guerets froumenteux,
Et le champestre aux chams paistre en doute ses bœufs:
Nature se fâchant de l'humaine nature,
Eut cure de cacher l'or dans la Terre obscure.
   Humains non plus humains (dit elle en le cachant)
Vous ferez par vos maux changer l'or en argent,
Et puis l'argent en fer, & puis le fer encore
En l'airain qui le front de fauue se colore,
Puis ce fauue metal en l'estain paslissant,

Puis ferez l'estain paste estre plomb noircissant
Quand vous estiez parfaits, ie tendois à parfaire
Tous les metaux en or, & rien n'estoit contraire,
Ores quoy que ie tende à les rendre parfaits,
Diuers empeschemens gasteront mes effets:
Mesme pour les trouuer, il-faudra que l'homme entre
Par les portes d'horreur dans le terrestre ventre.
Voilà pourquoy depuis on voit diuers metaux,
Et l'or rare est gardé par diuers animaux.
Les Indoises formis & les dragons terribles,
Voire & les noirs Demons hostes des monts horribles,
Rezistent courageux à ceux-la que le gain
Pousse à foüiller hardis dans le terrestre sein,
Mais quoy ? lon s'est enquis, tant la nature humaine
Aime en lieu du repos la curieuse peine,
L'on s'est enquis plustost doù le metal prouient,
Que pourquoy tant caché Nature le detient.
  Donques l'or esclatant Roy de toute la bande,
Ce metal trainegens , qui chaud sur tout commande,
Vient d'vn soufre subtil pur & rougement ioint
Au rouge vif argent qui pur ne brusle point.
L'argent or imparfait, qui son maistre maistrize,
Où defaut la chaleur & la couleur requise,
Se va de pur Mercure aux mines produisant,
Et de soufre trespur blanchastre & reluisant.
Comme on voit ces Bernards sur les riues Tethides,
Se faire à la façon des coquilles humides
Qu'ils vont prendre tous nus, alors que la saison,
Et leur muable instinc les change de maison:
Ainsi l'argent se forme en bestes dessous terre,
En prenant la façon des yeines de la pierre.
L'amant du noir aimant, le fer salement dur,
Vient d'vn soufre brulant & d'vn Mercure impur:

Et l'airain tintinant vient d'vn impur Mercure,
Et d'vn soufre terrestre à la rouge teinture.
L'estain d'argent vif rouge, & de soufre prouient,
Voire en sa superfice vn blanc Mercure tient.
Et toy plomb languissant, tu prens ta laide forme
De Mercure non pur, & de soufre difforme.
   Ainsi donc le mercure est entre les metaux
Tel que le second sperme entre les animaux.
Il ressemble vrayment au Mercure Nomie,
Dont le lustre enrichist la haute Astronomie,
Car aueques les bons il est plein de bon heur,
Auec les malheureux il est plein de malheur:
Et comme il se conforme à ces corps pronostiques
Tout de mesme en faict il enuers les metalliques.
Mais quoy? ce n'est pas tout: il faut Lyncée encor
Descouurir de plus loin la naissance de l'or.
La Nature recherche vne place profonde,
Où la terre se forme en mainte masse ronde:
Vn endroit immobile, où par fois puisse entrer
Le celeste Vulcan & Titan penetrer.
C'est là qu'elle fait l'or prenant de l'eau clairette,
Et de la terre rouge onctueusement nette,
Dont l'vne de froideur est pleine humidement,
L'autre de mesme espece est chaude sechement:
Or cela se cuisant la puissance moiteuse
Dissout & refroidist la vertu chaleureuse,
Mais le feu qui souuent au centre est alumé,
Va réchaufant l'eau froide & le chaud consumé,
Ainsi s'entre-meslans par toutes leurs parties,
Ces choses en Saturne apres sont conuerties:
Puis s'échaufans encore afin de mieux monter,
Se cuixent d'vn degré deuenans Iupiter,
Puis sont Venus puis Mars, puis peu à peu paruiennent

A plus grande chaleur, & la Lune deuiennent:
Puis aquerans en fin plus de digeſtion,
Aquierent du Soleil la grand' perfection.

　Ainſi l'or ſe parfait: & ne faut qu'on s'eſtonne
D'ouïr qu'vn tel ſujet ſa naiſſance luy donne:
Des charongnes des bœufs ſe va bien produiſant,
De petits animaux vn troupeau reluiſant,
Ces animaux groüillans prennent des aſlerettes,
Volent és prez fleuris pour voler les fleurettes,
Et faits mouſches à miel, aux troncs des cheſnes vieux,
Font, race de fiente, vn miel delicieux!

　Pour l'or qui va courant aux courantes riuieres,
Il eſt raui des eaux paſſans par ſes-minieres,
Et n'ayant eu la fin de ſa decoction,
Ne ſçait plus paruenir-à ſa perfection:
Mais y fuſt paruenu par la vertu mouuante
Du mobile premier, & la force eſchaufante
Des ſoufres qui boüillans portent par maints canaux
Le feu continuel qui parfait les metaux.

　Voilà ce que m'a dit le troupeau des Nymfettes,
Qui reZide & preZide aux cauernes ſecrettes,
Qui entre aux antres noirs des monts ambicieux,
Où ſe tiennent cacheZ maints trezors precieux.
Et voilà (conuoiteux) d'où procede la choſe
Pour qui ne iour ne nuit voſtre eſprit ne repoſe,
Et qui fait perdre vn bien à l'eſprit & au corps
Qui va meſme excedant le Treſor des Treſors!

LE TRESOR DES TRE-
sors. A vn singulier amy.

On Dieu ! mon cher Soucy, que ie porte de
  haine
A ce tas d'escriuains dõt la Muse est si vaine!
L'vn touf-jours chaud d'Amour infecte l'V-
L'autre pensant gaigner mesle la prose aux vers, (niuers,
Le langage terrestre au celeste langage,
Et du parler commun fait vn maquignonnage.
Ce n'est pas tout, mon Tout, que de bien caqueter;
Car il-faut quelque-fois en parlant profiter.
Ie veux te presentant vn present profitable,
Maintenant maintenir vne chose incroyable.
Ie veux voler plus-haut que ie n'ay jamais fait:
,, Aussi le vray Poete a plus que d'vn objet.
Voire donnant lumiere aux choses tenebreuses,
Aux rudes quelque grace, & croyance aux douteuses,
Ie veux poussé du Dieu sur Parnasse adoré,
Te donner veritable vn Poeme doré.
Et te iure qu'aucun craignant de faire faute,
N'a descouuert encore vne chose si haute:
Mais ce n'est point à toy que doit estre celé
Ce que sans pratiquer le Ciel m'a reuelé.
Puis tu n'en vseras, tant ie t'estime sage,
Pour de ton glaiue armé de paison & de rage,
Moissonner tes haineux, ny pour faire au gosier
Des grands Roys, pour regner, prendre ton fer meurtrier,
Ny pour monstrer encor maintes pierres Indiques,
Qui diuisent l'or fin sur tes doys magnifiques:

Ny pour riche en habits dans de l'or te porter,
Mais pour fobrément viure, & le pauure affifter.
  Ie laiffe à part comment la Nature admirable,
En fix ou fept cens ans fait l'Or tant defirable:
Car ie vay plus auant, ie veux monftrer encor
Que mieux que la Nature on peut faire de l'or?
Tu n'iras donc guidé du gain & de lanternes,
Cercher pour l'Or la Mort es obfcures cauernes:
Cauernes que premier iadis Faune alla voir,
Ignorant ce qu'ici ie veux faire fauoir:
  Car ce qu'vn curieux en des perils s'eflance,
  Quand il procede mal, procede d'ignorance.
Quel plaixir en portant, vray Démon foufterrain,
Le martel au cerueau, le marteau dans la main,
De s'en-aler foüillant par infertiles peines,
Les profonds inteftins des montaignes hautaines?
Quel plaixir que d'entrer fuyant les Aftres clairs,
Mort de peur dans la Terre, & vif dans les Enfers?
Faire vne mine trifte en ne trouuant la mine,
Et comme les Géants, autheurs de leur ruine,
Enuerfer les hauts monts, puis en fin fuporter
Acablé fous le faix, l'ire de Iupiter?
  Or le Sage imitant la Nature treffage,
Prend de ce qui def-ia s'eft cuit par fon ouurage,
Et d'vn feu non commun fait abreger le tems,
Et mettre en iours fes mois, en femaines fes ans.
  Pour matiere il prend donc le Soufre & le Mercure,
De genre differents, & pareils de nature:
Car vn genre feulet de foy n'engendre rien:
Et quand Dieu fit le Roy du Monde terrien,
D'vne mefme nature il forma fa femelle,
Afin qu'il engendraft fe ioignant auec elle.
Le foufre eft fec & chaut, agent & mafculin,

Et l'autre humide, froid, patient, feminin.
Cette diuersité fait qu'ils donnent naissance,
,,   Car dessus son pareil le pareil n'a puissance:
Si le pouuoir aussi de l'homme estoit si froid
Comme est froide la femme, onc il n'engendreroit.
Le Soufre est ce Lion, ansi nommé des Sages,
Afin que l'ignorant ignorast leurs langages,
Car comme le Lyon est Roy des animaux,
Tout ainsi l'Or superbe est le Roy des metaux.
L'autre est ce grand Dragon à l'échine volante,
Qui colere est rempli de poison violante,
Car en sentant l'ardeur il s'enuole soudain,
Et tue en disoluant le metal souuerain.
Voila donques vrayment la matiere certaine:
Plusieurs en la cherchant trouuent beaucoup de peine
Ne sachans que c'est l'Or en sperme transformé,
Et l'argent-vif bien pur proprement animé.
Ie suy qu'il faut couurir, comme vos Poësies
De maintes fictions, cecy d'allegories:
Mais puisqu'ore i'y suis, la clairté me conduit:
,,   Le iour illuminant est plus beau que la nuict.
Il faut donques purger de sa froide nature,
(Auant le fermenter) le feminin Mercure:
Car pour sa grand froideur il n'auroit le pouuoir,
Par le masle leuain, de iamais conceuoir.
Ainsi pour vne humeur froidement infertile,
Mainte femme souuent est rendue sterile,
Et puis perdant par l'art sa froide qualité,
Plus chaude en se purgeant, perd sa sterilité.
Refuteray-ici l'obiection commune
Qu'il faut mesler à l'or le Mercure de Lune?
La Lune au prix de l'or semble vn corps feminin,
Mais son Mercure sec est chaud & masculin,

Car l'argent soufre au feu toutes experiences:
Ainsi rien ne naistroit de deux masles semences:
Celuy de l'or plus cuit, a donc moins de vertu,
Mais le Mercure est bon n'estant trop cuit ny cru.

Ie me ry donc de ceux dont l'esperance fiere,
Pense faire ceci n'en sachant la matiere:
Car qui ne sçait l'entrée au bout n'arriuera,
Et qui ne sçait qu'il quiert ne sçait qu'il trouuera.
Ie me ry bien de ceux qui laissans la prochaine,
Veulent reduire l'or en matiere lointaine:
Comme si l'animal engendrant ne donnoit
Le Sperme, sa matiere, ains poudre retournoit.
Mais ie veux que par eux l'Or se soit veu destruire,
(Si l'on le peut desfaire aussi bien que construire,
Veut qu'il peut endurer la froideur & l'ardeur)
Quels refaizeurs si grands referont sa grandeur?
Ie me ry de tous ceux qui cherchent les teintures
De l'Or & de l'Argent, aux estranges natures:
Aux yeux de mainte beste, aux herbes, aux cheueux,
Aux vers, aux Scorpions, & aux coques des œufs,
Et qui pensent parfaire vne œuure si diuine
Par le sang, les crapaux, la fiente ou l'vrine.
Ils veulent, esgarez, par la laide noirceur
De l'encre & du charbon, former vne blancheur:
Ils abusent le monde, & s'abusent encore:
Ils des-honnorent l'art, & l'art les des-honnore:
Mais s'ils sement l'ordure, ils la moissonneront,
Car les choses sans plus donnent ce qu'elles ont.

Mais poursuiuon nostre œuure, & quils suiuēt leurs
Ils voyent retirer en fin toutes leurs ioyes,   (voyes:
Et quoy que l'on leur crie, ô paunres obstinez,
Ils aigrissent leur mal estans medecinez!
Comment donc maintenant se gouuerne le Sage?

Du soufre & du Mercure il fait vn mariage,
  Qui par vn iuste poids en vertu moderé,
Engendre au clair vaisseau l'Elixir desiré.
Car c'est de ce surnom que l'Arabe l'apelle,
Pour receler prudent vne poudre si belle,
  Qu'on nomme Pierre aussi, par ce que fixement
Elle subsiste en fin sur le feu vehément.
    C'est icy le secret de Iupiter qui donne
Vn doux embrassement à sa douce Latonne:
Ils sont dedans vne isle, & l'isle est le vaisseau,
Iunon y vient du Ciel, c'est du creux chapiteau,
Par où découle au fond mainte humeur aërienne,
Et trouue en descendant cette Titannienne,
Dont Diane & Phœbus en Dele vont naissant,
  Qui sont l'Elixir blanc, & l'autre rougissant.
Comme le haut Soleil quand au Mouton il monte,
Surmonte la froideur qui Saturne surmonte:
L'inferieur Soleil qui cette œuure accomplist,
De la matiere, au four, la froideur abolist.
    Mais diray-ie ore plus qu'aucun n'a voulu dire?
Ie ne puis rien celer, car le Dieu qui m'inspire,
N'enseigne le sçauoir par qui l'Ouurier est fait
D'vn Alchimiste faux lachrimiste parfait.
  Quand donc l'Artiste a mis la matiere en sa place,
Iusqu'à la fin de l'œuure onc il ne la desplace:
Elle est comme l'enfant qui ne doit estre osté
Du ventre maternel iusqu'au terme arresté.
Car l'air refroidissant sa chaleur naturelle,
Destruiroit la vertu de son ame nouuelle:
L'ame n'est que chaleur, & la matiere apres
Ne pourroit d'aucun feu se parfaire iamais.
    Voila donc decelé ce tant celé mystere,
  Que l'enfant est enclos dans la Lune sa mere!

Car

Car que peut-on trouuer sous le cours du Soleil,
 Qui soit mieux que le verre à la Lune pareil?
Le verre a la couleur paslement reluisante,
La Lune a la couleur clairement paslissante:
Luy reçoit pres du feu les couleurs des vapeurs,
Comme elle les reçoit du Dieu porte-chaleurs.

    Diray ie que le feu pere à cette grand' Pierre,
Semble au feu qui contourne & feconde la Terre?
Car comme le grand Roy des lumieres des Cieux
Attire les vapeurs dedans l'Air spacieux,
Et faisant sur la Terre vne celeste ronde,
Fertilize du Ciel tout le terrestre monde:
Tout de mesme le feu du sage operateur,
Pousse sur sa matiere vne lente vapeur,
Pour contournant tous iours la matiere croissante,
Former l'œuure plus beau que la Nature enfante.
A lors que nous voyons le souuerain flambeau,
R'amener sur la Terre vn ieune renouueau,
Sa fertile chaleur au commencement douce,
En esmouuant le germe aux racines se pousse:
Les racines apres, en sentant ce doux chaut,
Ioyeuses d'enfanter tirent leur séue en haut:
Cette séue se pousse aux branches ocieuses,
 Qui se veslent alors de verdeurs gracieuses:
Puis le chaud peu a peu renforçant ses vertus,
Durcist le poil nouueau des arbres reuestus,
Les arbres souffrent puis vne chaleur plus forte,
Et la forte chaleur la maturité porte.
Mais si lors que l'Hyuer à tondu la verdeur,
Le Soleil tout d'vn coup r'alumoit son ardeur,
Bruslant les arbres nus & sechez de froidure,
Il viendroit, non produire, ains destruire Nature.
Ainsi pour procréer cet ouurage excellent,

Lors que le feu commence il doit eſtre plus lent:
Puis montant par degrez doit la Nature enſuiure,
Qui ſoudain peut tuer, mais ſoudain ne fait viure:
Car c'eſt vn poinct certain que la haſtiueté
Tend pluſtoſt à la mort quà la natiuité.

Tout ainſi voyon nous la viande legere,
Eſtre des enfançons la viande premiere:
Et qu'apres que le lait a fait leurs os plus forts,
De plus forte viande on ſuſtente leurs corps.

Comme vn corps mort ne cuit quãd vn demiõ y entre,
Par faute de chaleur, ce qu'il met dans ſon ventre:
Ainſi l'eſprit moteur qui parfait tout ceci,
Sans ce chaud naturel ne le digere auſſi.

Mon Dieu le grãd plaiſir lors que l'ouurier voit naiſ-
Les ſignes qui luy font ſon ouurage connoiſtre!   (ſtre
Tantoſt il voit le noir corrompu de poiſon,
Puis le gris qui du noir monſtre la gueriſon,
Puis diuerſes couleurs qui ne trouuans iſſue
Reſſemblent aux couleurs qu'on voit dans vne nue,
Se recourbant en arc, quand Phœbus met au creux
De l'humide nuair, ſes rayons chaleureux:
Ore il voit arriuer vne blancheur parfaite,
Monſtrant que ſa matiere eſt entierement nette:
Tantoſt vne rougeur qui ſeche fait paroir
La plus grand pureté qu'au monde on puiſſe voir!
Mais ainſi qu'vn enfant peut viure au mois ſeptieſme,
Auſſi bien que ceux-la qui ſont nez au neufieſme,
Car les planettes ont verſé ſur luy leurs rais,
Et fait en le purgeant, tous ſes membres parfaits:
Mais l'enfant ne ſçauroit, quoy que les femmes dient
Quand leurs ſales larcins aux Ians elle palient,
Viure au huitieſme mois, où Saturne nuiſant
Des nouuelles humeurs dedans luy va cauxant:

Aiij

Ainsi ceste matiere en sa blancheur naiue,
Aussi bien qu'en la rouge, est entierement viue,
Mais puis qu'elle commence à perdre sa blancheur,
Iusqu'au rouge parfait, elle perd sa vigueur:
Non pas que de son eau la force interieure
Qu'on ne restaureroit, en ce changement meure,
Mais estant pour le blanc preste en perfection,
Le feu plus continu luy perd cette action.

Donques quand la cuisson est du tout acheuée,
En sa haute rougeur, la Pierre est esleuée:
Telle que nostre sang, qui lors qu'il est bien cuit
Dans la chaleur du foye, en rougeur est reduit.

Ore elle est ce Vautour qui sur la droite coste
D'vn mont grandement haut, chante d'vne voix haute,
Ie suis noir & tantost tout gris vay paroissant,
Tantost blanc comme neige, & tantost rougissant:
Voila donc, abusez, comme il vous faut entendre
Que les quatre elements se viennent ici ren dre:
Car la Terre est le noir, le Feu l'autre couleur,
L'Onde est la blancheur nette, & l'Air c'est la rougeur.

C'est donc c'est donc alors que tressautant de ioye,
L'ouurier va loüant Dieu qui ce bien luy enuoye:
C'est alors qu'il a veu ce qui monstre de fait
Que le feu doit vn iour purger le Monde infet.
C'est alors qu'il a veu ce que l'ancien cahe
Sous le nom du pasteur de la fille d'Inache,
Car comme d'yeux d'Argus les Pans sont bigarez,
Cette matiere rend maints signes colorez:
C'est alors qu'il a veu que sur la fraiche Terre,
Pyrrhe & Deucalion vont ruant mainte pierre:
Les femmes que fait Pyrrhe est l'argent vif fixé,
Les hommes que fait l'autre est le soufre anexé.
Bref, c'est lors qu'il a veu cette Gorgone dure

D 5

Changeant ceux qu'elle voit en pierreuse nature:
Mensonge qui fait voir l'effet non mensonger
De ce diuin Trezor qu'en Pierre on voit changer.
   Or afin qu'es metaux sa matiere ait entrée,
De Lune ou de Soleil il la rend incerée:
Et par sa poudre blanche alors il va changeant
Iettant vn poids sur dix, l'imparfait en argent:
Ou jettant sur cent poids vn poids de rouge extreme,
Son argent vient vn or qui sur l'autre est supreme!
Par là donques on voit que l'imparfait metal,
Tient vn soufre d'essence, vn autre accidental:
Cetuy-ci qui puant n'est enfermé qu'au pore,
Sans gaster les metaux d'auec eux s'evapore:
Mais cetuy-là demeure, & s'il ne demeuroit,
La forme des metaux soudain se destruiroit:
,, L'essentielle humeur iamais ne se diuise
,, De son propre sujet, qu'elle ne le destruise!
   Que si ie le prouuoy, ie diroy les Humains
En auoir dans leurs corps les exemples certains:
Car quand l'aigre santé dans nous fait reZidence,
L'humeur qui s'enfermant dedans nous, nous offence,
Soudain par la sueur ou l'art medecinal,
Se separant de nous, nous separe du mal:
Mais si c'estoit l'humeur par l'essence sortie,
La laissans, nous perdrions & l'humeur & la vie:
Comme on voit que ceux-la qui de leur corps bien sain
Font perdre tout le sang, perdent l'ame soudain.
   Qu'est-ce donc maintenãt, L'ame à son corps se rãge
Et nonobstant tout art d'vn estrange s'estrange?
N'auez-vous pas monstré par cette inuention,
O Philosophes vieux, cette Projection,
Et qu'il faut que la chose où la forme s'adresse,
Afin de s'animer, soit de semblable espece?

Aussi

Aussi de vray, le feu quand à l'onde il est ioint,
Car l'eau ne luy est-propre, il ns l'anime point.
Mais comme vne chandelle (où le suif & la flamme,
Sont cetui-la le corps, celle-cy comme l'ame,)
Va soudain contre bas vne autre r'alumant,
Que demy-pied dessous esteinte va, fumant:
Lors contre son instinc, pour trouuer nourriture,
Le feu leger descend par la fumée obscure:
Tout ainsi maintenant cet Elixir parfait,
Vraye forme & vraye ame à tout metal infet,
Mettant aux noirs metaux de sa splendeur extreme,
S'esjouist de tomber dans son espece mesme.

Voilà comme le Roy pompeux d'habits royaux,
Sortant de la fontaine, enrichist ses vassaux,
Parce que d'imparfaits, tous les corps metalliques,
Par ce Roy des tresors, sont rendus magnifiques.
Et tel que le Soleil sur les Astres moins clairs,
Tel est ce surgeon d'or sur les metaux diuers:
Cestuy là vigoureux donne aux Astres lumiere,
L'autre donne aux metaux sa vertu singuliere:
Semblable à l'odoreux & rougeastre safran,
Prens en vn petit brin, puis apres le respan
Par dessus beaucoup d'eau, tu verras l'eau se faire
De fade bien-flairante, & iaunastre de claire.

Qu'est ce donc de Vulcan, l'aid du Ciel eslancé,
Et dedans l'isle apres des singes auancé,
Que ce Roy que disforme au vase on precipite,
Où le nourrist celuy qui la Nature imite?

Quand donc il est parfait, on croist en quantité
La supreme grandeur de ce Roy souhaité:
Et c'est àlors qu'il faut que l'œuure soit refaite,
Si lon veut faire encor sa force plus parfaite.
Car tout ainsi qu'on voit que plus rouge est le fer,

Plus il croiſt ſa vertu pour pouuoir eſchaufer:
Ainſi plus on recuit cette Pierre admirable,
Plus elle va croiſſant ſa force incomparable:
Tellement qu'a la ſin vn brin de ce trezor,
(S'elle eſtoit vif-argent)rendroit la Mer en or:
　　Voilà donc ce Phœnix dont l'eſſence eternelle,
En cendres conuertie,au feu ſe renouuelle:
Voilà comme lon peut trouuer vn animal,
　Qui eſtant vegetable,encor ſoit mineral.
Voilà celuy qui dit,Ne m'abandonne donques,
Et ie n'auray vouloir de t'abandonner onques.
Et voilà comme on peut vn treſor deſcouurir,
Pour pouuoir tous les iours cent mil hommes nourrir.
Car tout ainſi qu'on peut donner de la lumiere,
Sans amoindrir du feu la clairté couſtumiere:
Tout de meſme celuy qui du Ciel a ce bien,
Riche en peut impartir ſans l'amoindrir en rien:
　　Moins heureux ſont les Roys! Leurs grãdeurs menacées
Ne les font bien ſouuent riches que de penſées:
Pour trouuer l'heur çà-bas,ils ſe font malheureux,
Ils commandent aux gens,les gens diſpoʒent d'eux.
Ils n'oſent bien ſouuent,pareils à ce Tantale,
Tenter d'auoir le bien qui deuant eux s'eſtale:
Où celuy qui prudent iouiſt de ce beau don,
Plus riche qu'il ne veut,reſſemble à Salomon.
　　O ſecret des ſecrets! ô richeſſe inſinie!
Bien qui trop enuié,contre aucun n'as enuie,
　Que tu ſais bien doüer & l'eſprit & le corps,
L'vn d'vne grand' ſcience,& l'autre de treſors!
T'oy-ie pas dire auſſi,La Mort fuit ma nature,
Ie ſuis ce froment pur qu'on ſeme en terre pure,
Ie porte grand & ſeul des noms grands & diuers,
Et qui ioüiſt de moy,iouiſt de l'Vniuers?

Ie me

Ie ne raconteray que cette digne Pierre
Rend,(ô merueille vtile!)infragile le verre:
Qu'elle fait mainte gemme, & sa forte liqueur
Donne à la Perle vieille vne viue couleur!
Mais faut-il taire ici l'assistance Diuine
Que fait aux corps Humains cette grand' medecine?
Helas! Pere eternel,tu n'es comme l'amy
Qui promettant beaucoup fait plaisir à demy:
D'autant que l'homme peut,comblé de ta largesse,
En auançant ses biens,retarder sa vieillesse!
Car si l'or mis en poudre,ou l'or qu'on fait boüillir,
Peut sans se digerer la santé restablir,
Ne pourra cette Pierre & seche & temperée,
Qui pour se faire en sang au foye est digerée,
Chaude nous restaurer la radicale humeur,
Et chasser le poil blanc,vne humide froideur?
Et si lon a bien veu cet Elixir supresme,
Par vn feu moderé s'estre gueri soy-mesme,
Et s'il guerit parfait les imparfaits metaux,
Pourquoy ne pourra-til guerir tous animaux?
*　C'est cette Pierre aussi que les fils de Science,*
Nomment pour la cacher,Fontaine de jouuance,
Car il n'est sous le Ciel vne telle vertu,
Pour releuer le corps de vieillesse abatu!
Qu'on ne s'estonne point si par l'Art & Nature,
L'homme de soy non parfait vne œuure si pure.
Il faudroit s'estonner si l'homme qui fut fait
*　Animal raisonnable,ignoroit ce secret.*
Car hé!pourquoy seroit cette commune Mere,
La benigne Nature,aux Humains plus seuere
Qu'aux Aigles,aux corbeaux,aux cerfs, & aux serpês,
Qui sçauent ce qui peut les despouiller des ans?
*　N'est-ce pas vn grand cas que plusieurs maladies*

Par

Par ce seul Elixir puissent estre gueries?
On ne guerit qu'vn mal d'vn seul medicament,
Car vne cause fait vn effect seulement.
Pauures gens ! & ie dy qu'vne seulette chose,
Selon ce qui la prend,diuerses causes cause.
Voit-on pas d'vn seul coup faire des faits diuers,
Sur la boüe & la cire,à l'œil de l'vniuers?
Tout de mesmes aussi cette poudre parfaicte,
  Quoy qu'vne seule chose,entant qu'elle est extraicte
De tous les Elemens,& qu'elle a leur pouuoir,
Des effets differens-nous peut bien faire voir.
     De vray, ie ne croy pas qu'aussi sans cette Pierre,
Ces peres qui premiers possederent la Terre,
Eussent peu si long tems des ans se dépestrer,
Voire à cinq fois cent ans sainement engendrer.
Ie sçay qu'on tient que Dieu faisoit croistre leur age,
Pour voir plustost par eux croistre l'humain lignage,
  Que plus pres ils estoyent de leur création
Plus ils auoyent aussi bonne complection,
Et que les fruits meilleurs auant l'aspre vengeance
Du flot vniuersel,auoyent plus de substance:
Mais ie sçay bien qu'aussi le premier des Mortels
Sauoit des faits de Dieu les effets naturels,
Et sauoit bien choisir vne chose durable
  Qui peust rendre long tems vn corps incorrompable!
Si bien que par cabale on a tenu des siens
De ce grand Elixir les incroyables biens.
C'est le seul Or potable,& le seul fruict de vie,
C'est le Nectar non feint,& la vraye ambrosie,
C'est l'herbe dont iadis l'amante de Iason
Deschargea de ses ans le decrepit Æson.
     Ce n'est donc pas vostre art,ô coureus Alchimistes,
O trompeurs,ô larrons,ignorans & Sophistes:

Ce

Ce n'est vostre art soufleurs, aux regards enfumez,
Qui vos biens & le tems pour neant consumez,
Et qui touf-jours soufrans la noire odeur du soufre,
Ressemblez ces esprits du Plutonnique goufre,
Aussi vostre art ne fait la jeunesse fleurir,
Mais la jeunesse en fin par vostre art peut mourir.
Tesmoins en soyent ceux-là qui par leurs propres vies,
Recompencent trompez leurs grandes tromperies.
Qu'ainsi puissent touf-jours les Sages qui sans fin
Créuent leur estomac contre vostre art malin,
Vous veoir trouuer la Mort, & perdre le mystere
Dont on met aux metaux quelque teint adultere.
  Si ne faut-il pourtant, ô vous à qui les Cieux
Ont daigné d'eslargir ce tresor precieux,
Estimer que de soy l'humaine créature,
Puisse iamais sauoir ce secret de Nature:
Car Dieu l'a reuelé pour monstrer aux Mortels
Combien plus seront beaux les biens spirituels!
  Que si vous l'employez à nourrir vostre vice,
Ou pareils à Midas estes noirs d'auarice,
Estans riches de biens, & pauures de raison,
Vous aurez le corps sain, l'ame sans guerison.
  I'ay donc ici monstré cette haute science,
Et qui par autre voye en cherche connoissance,
Ressemble vn qui testu voudroit en reculant
Aconsuiure le vol d'vn Aigle haut-volant.
I'ay fait qu'elle n'est plus ainsi que la vipere,
Où le facile accez au grand secret n'adhere:
Car comme Promethée, (& n'en desplaise aux Dieux,)
Pour parfaire vn grand art, i'ay volé iusqu'aux Cieux!
Et voila (mon Damon) comment par fois ma Muse,
Sur vn sujét bizarre en se ioüant s'amuse:

Car souuent il vaut mieux suiure vn rare sujet,
Que le train tant frayé d'vn familier objet.

QVATRAIN.

Mon Luth peu de choses demande,
Mais son chant aime la hauteur:
Car mieux vaut vne chose grande,
Que beaucoup de peu de valeur.

FIN.

LA
MVSE DIVINE
DE CHRISTOFLE
DE GAMON.

A LYON,
PAR CLAVDE MORILLON.

M. D C.

Auec permiſsion.

AV LECTEVR.

C E que noſtre eſprit tiét de la Diuinité, fait que nous ſommes te-
nus de le reculer des choſes humaines pour l'aprocher des choſes diuines. Cette maxime reſolüe a fait
reſoudre mon eſprit, apres auoir floté par
beaucoup de côtours, de reuenir à la Mer
de ſon origine. Il y reuient encore pluſtoſt
qu'on n'euſt penſé, & plus tard qu'il n'euſt
deu. La Pieté eſt comme la ſanté, c'eſt qu'elle
ne nous arriue iamais trop toſt. Si ton aime
aime encore les choſes terreſtres, elle trouuera qne ie ne te donne pas icy beaucoup
de matiere, afin de ne te donner beaucoup
d'ennuy. Que ſi cet eſchantillō eſt indigne
de l'immortalité, que cela ne t'engarde de
le regarder. Car tant mieux pourras tu a-
prendre quelque choſe de nouueau par
cette Muſe Diuine. Elle t'aprendra, pour le
moins, & à mon grand regret, qu'il y a des
choſes diuines qui ne ſont point immortelles.

A MON

A MONSIEVR DE
GAMON, SVR SA
Muſe Diuine.

Gamon à qui *Phebus ſur tous preſte la main*,
C'eſt auecques bon droict, & c'eſt en vain encore,
Que du nom de Diuine or' ta Muſe s'honnore,
Car en tous tes eſcrits on ne voit rien d'humain.

CHARLES D. T.

LA

LA
MVSE DIVINE.

POEME TRAGIQVE.
A Monsieur Goulart.

E tente maintenant vne sente nouuelle,
Et chante-ici les pleurs d'vne troupe fidelle,
Qui fit d'elle vne offrande au Roy de l'V-
    niuers,
Pour ne se peruertir dessous vn Roy peruers.

Soit, ô Dieu que ceci soit faux ou veritable,
Ie l'ourdis à l'honneur de ton nom honnorable,
Pour faire voir qu'aux tiens ta profonde douceur
Fait sauourer du miel au fiel de la douleur:
Et de fait ton Esprit que mon esprit desire,
M'atire à reciter cet horrible martire.

Ce n'estoit pas assez, pauure ô pauure Israel,
D'auoir eu dans l'Egypte vn tourment si cruel,
Ny d'estre las! venu dans la promise Terre,
Par le chemin estroit d'vne douteuse guerre:
Ce n'estoit pas assez, pauure peuple de Dieu,
D'estre puis transporté captif en diuers lieu:
Sans qu'estant reuenu dans la Terre promise,
Tu fusses derechef afranchi de franchise!

Pour en faire en sa rûche vne œuure magnifique:
Ainsi Dieu qui t'estime,& te destine aux Gents,
Planté en lieu d'Oliuiers,la Pensée en tes chams,
A fin qu'ayant du peuple esté connu la fable,
Là-haut tu sois connu pour son peuple agreable.
Vrayment les sept enfans dont i'enfante ceci,
Et leur mere,ont bien creu qu'il faut bien croire ainsi,
　　La fausse Impieté menant mainte Furie,
Vn iour vint acoster le Prince de Syrie:
Elle est,ce dit on,noire,elle a troubles les yeux,
La bouche blasphemante,& le port furieux,
Elle est fille d'Enfer,de cent fraudes coifée,
Et fait de sacrilege ordinaire trofée.
Or bandant à ce Roy les yeux de la raison,
La maudite en flatant,dit en cette façon.
　　O grand Roy d'Antioche,ô grand Roy d'Apamée,
Qui tires le tribut de Tyre & d'Idumée,
Puis qu'encore des Iuifs le nombre est si nombreux,
Il te faut abolir ce peuple malheureux.
Ils laissent sous couleur de la grandeur celeste
De leur Dieu non connu,ta grandeur manifeste:
Vn morceau seulement te pourra faire voir
Qu'ils ne veulent meschans te rendre aucun deuoir,
Si peus-tu les domter en empirant ton ire,
Car ton ire empirant peut croistre ton Empire.
Le Roy tousiours doit faire à son peuple la loy,
Le peuple doit tousiours obeir à son Roy.
　　Elle eut dit,& soudain le Roy dans son courage,
Sent regner le pouuoir de ce maudit langage.
„ Vn Roy, c'est vn qui grimpe vn droit & haut rocher,
„ Plus il est esleué,mieux il peut tresbucher.
　　Pour faire manger donc d'vne contrainte indue,
A ce troupeau germain de la chair defendue,

Antio

Antiochus enjoint qu'on face en maint endroit,
De leurs corps deuestus, des vestiges du foüet.

    Que requiers-tu de nous, ô tyrannique Prince,
(Dict alors le premier,) nostre chere Prouince
Est serue dessous toy, nostre Temple est pillé,
Nos liures sont bruslez, nostre Autel est soüillé!
Il ne t'a point suffi qu'en tes Bacchiques festes,
On s'en vinst couronner, mais profaner nos testes
De pampre & de lierre, & d'vn foible estomac
Ha! lon nous fist crier Euan, Bassare, Iach!
Tu veux voir d'abondant pour vne chair poluë,
Nostre chair deuant toy trambloter toute nuë,
Et que le foüet sanglant, comme vn rouge pinceau,
Peigne au vif ta rigueur par dessus nostre peau!
Sus donc, Prince cruel, ta cruauté s'esbate,
Qu'vn injuste baston nous baste & nous abate:
Coupe, destranche nous, arrache-nous le cœur,
Soüle en nos corps viuans ta mortelle rigueur,
Et plustost nostre chair par tes dents soit mangée,
Que nous vueillons manger d'vne chair prohibée.
» Il vaut mieux trespasser qu'outrepasser les loys,
» Que prescrit aux Mortels l'immortel Roy des Rois!
    Ainsi donc ce fidelle auoit en sa soufrance,
Pour son pauois la voix, pour baston la constance!
Mais cōme on voit qu'vn fleuue, où son cours va naissāt,
Ne va pas tout d'vn coup les arbres renuersant,
Ains commence à gronder, & plus il fuit sa source,
Plus il va renforçant son murmur & sa course,
Iusques à ce qu'estant au fort de son effort,
Il trauerse la plaine & renuerse son bord:
Ainsi plus ce tyran oit la voix Hebraïque,
Plus s'augmente vne rage en son courage inique:
Si qu'en fin l'execrable emporté sans merci

Ainſi plus ce Tyran oit la voix Hebraique,
Plus ſaugmente vne rage en ſon courage inique:
Si·qu'en fin l'execrable emporté ſans merci
Par l'impiteux torrent de ſon courrous noirci,
Fait deuant les Hebreux ſoudain couper la langue
A qui premier a fait cette triſte harangue:
Chetif! qui s'en voyant acuzer iuſqu'aux Cieux,
Ne ſçait que moins parlante elle l'acuſe mieux!
Voire encor au pauuret deuant ſes freres tendres,
Luy fait en l'eſcorchant, couper les bouts des membres.
Le ſang qui tiedement l'alumelle ſouilla,
Deuant cet enragé ſur la place coula,
L'Abramide paſſſt, la Mort ſur ſes yeux erre,
Et ſon corps esbranché comme vn tronc chet à terre.
Tellement qu'inutile il ne ſeruoit rien plus
Qu'à rendre deuant Dieu ce Monarque confus.
    Donques pour aſſouuir ſa rage impitoyable,
(Si l'on peut aſſouuir la rage inſatiable,)
Le Tyran fait ſoudain alumer vn grand feu,
Pour encor reſpirant y roſtir cet Hebreu!
Et comme par long tems l'ondoyante fumée
S'eſpandoit à flots noirs de la poiſle enfumée,
La mere & tous ſes fils, proches d'ainſ perir,
S'entr'enhortans mouroyent de dezir de mourir.

    Le Seigneur, diſoyent-ils, le Seigneur debonnaire,
Las! jettera ſur nous vn regard ſalutaire,
Il nous conſolera ſelon ſa verité,
Et rendra la vengeance au Tyran deſpite.
Ne taſchons d'amortir dans nos pleurs ruiſſelantes,
De ce rouge Tyran les rigueurs flamboyantes:
Car ſes feux rigoureux reſſembleroyent vrayment
Les Gagates que l'eau va plus fort allumant!
Mouron donc maintenant, mourons en campagnie,

Et pour viure sans fin, finisson nostre vie:
L'Eternel qui nous presse, & qui n'opresse pas,
Saura bien releuer vn iour son peuple bas.
Ainsi donc le premier eut son heure derniere:
Sa face se doroit de sa barbe premiere,
Et le pauuret si ieune, & si fort martiré,
De goutes ne moüilla son visage asseuré.

    Si tost que l'aspre Mort eut contraint son œil blesme,
Ce Tyran fait traiter le second tout de mesme.
O Ciel! ô Terre mere! hé! comment soufrez-vous,
Contre vn iuste troupeau cet iniuste courrous?
Ciel, que ne dardes-tu les dards de ta tempeste,
Pour escrazer, vangeur, cette profane teste?
Terre, que n'ouures-tu le profond de ton sein,
Pour vangeuse engloutir ce Monarque inhumain?
Ciel, contre les Géans tu monstras ta puissance,
Terre, tu ne veux point du serpent qui offence,
Et tu soufres, ô Ciel, ce Gyge audacieux,
Et toy Terre, soustiens ce dragon furieux!
Mais si sentirat-il la vengeance Diuine,
Car en fuyant son mal, il court à sa ruine.

    Quand il eut veu la teste au second escorcher,
Et bien, dit ce cruel, veux-tu donques manger,
Auant que ma fureur reprenant sa furie,
Te face raçourcir les membres & la vie:
A fin que l'autre & toy, pareils en traitement,
Soyez freres de race, & freres de tourment?
Plustost, respond l'Hebreu, plustost mille tenailles
En me sortans du Monde, entrent dans mes entrailles:
Car ie veux opozer la tour de fermeté
Contre les roides coups de ta grand' cruauté.
Donc ce Tygre vaincu du Iuif & de la rage,
Luy fait rongner le corps, mais non pas le courage,

Puis comme l'Isacide acheuant ses sanglots,
Commençoit à rostir, il sanglota ces mots.
Voyez voyez, ma mere, & voyez mes chers freres,
Voyez helas! voyez les mortels vituperes!
Voyez mon pauure test ores tout escorché,
Voyez comme lon m'a chaque membre tranché!
Voyez, pauures voyez comme ma chair tramblante
Du chef iusques aux pieds est las! toute sanglante!
Voyez qu'on me rostist! mais n'en versez des pleurs,
Car voici de mes maux les dernieres douleurs.
Toy, meurtrier empourpré, toy qui vaincs de furie
Tous ceux de la tramblante & barbare Scythie,
Tu nous destruis iniuste en ce Monde mortel,
Mais le grand Roy qui iuste au Ciel vit immortel,
Lors que nous serons morts en sa sainte querelle,
Nous ressuscitera pour la vie eternelle.
,, Iamais la grand' douceur de ce grand Roy des Roys,
,, Ne rejette ceux-là qui sont morts pour ses loys!
A ces mots il se teut, car la cruelle flamme
Rauit en criquetant, sa parole & son ame.
    Ainsi donc par la mort se perdit sa langueur,
Mais le triste Tyran ne perdit sa rigueur.
Ce Lycaon ressemble à la noire Sang-sue,
Son cœur insatiable au sang humain se rue:
Mais en aimant le sang, elle rend les corps sains,
Et ce Prince inhumain fait mourir les humains.
Comme on vouloit sortir au troisiesme sa langue,
De sa langue on ouyt sortir cette harangue.
    Estimes-tu, cruel, que i'estime si fort
Ce corps, ombre viuant, que i'en craigne la Mort?
Non non, cruel Tyran, dessur mon chef atire
Non la mort fraternelle, ainçois vne mort pire.
,, Ce n'est rien aux Mortels des mortelles aigreurs,
                                        ,, S'il

„ S'ils sauent sauourer les Celestes douceurs!
Puis le Ciel tout-benin ces choses m'a données,
Qui pour les loys de Dieu sont de moy contemnées:
Car l'œil de mon espoir voit que Dieu les prendra,
Puis monstrant sa puissance vn iour me les rendra.
O douce Chananée, ô saincte Palestine,
Terre jadis puissante, ores toute en ruine,
Ie n'ay point de regret vous laissant de mourir,
Mais de ne vous reuoir en beautez refleurir!
Adieu ma mere adieu! adieu ma douce mere!
Adieu pauure brigade! adieu troupe si chere,
Adieu freres adieu! ne rejetez ma voix,
Qui vous dit ore adieu pour la derniere fois!
    Ainsi dit ce martir, en la mer de ses peines,
Ferme comme vn rocher, qui aux marines plaines
Ne craint ny l'enragé des flots s'entre-suiuans,
Ny le cours outrageux des haleines des vents.
Puis esleuant ses yeux & ses mains innocentes,
Il expose sa langue aux douleurs violentes.
Lors tous ioyeux de sang, les infames bourreaux
Pour le priuer de langue aprestent leurs cousteaux:
Ils vont armant leurs mains & de fer & d'offence,
Ha! contre vn patient armé de patience!
Leur fer rouge de feu, de sang lors se tacha,
La langue sans langage à terre tresbucha,
Et le Roy bien qu'inique, & tous ceux qui le virent,
(Tant l'Hebreu fut constant) tous rauis s'esbahirent!
Mais cet estonnement (ô dueil) ne seruit pas
Pour l'afranchir du sort de l'horrible trespas.
Ny son triste trespas ne fit passer l'enuie
Qui poussoit ce fier Ours sur l'Isacide vie.
Car comme ce martir au Ciel s'en fut volé,
Le quatriesme se vit au suplice appelé.

Que dois-tu faire ô pauure, ô pauure infortunée,
O mere qui de morts es toute enuironnée,
O vieilleſſe chétiue, helas! comment peux-tu,
Comment peux-tu, pauurette, auoir tant de vertu?
N'eſtoit-ce pas aſſez, ô mere miZerable,
D'auoir veu par trois fois ta conſtance admirable,
Sans qu'ore en rauiſſant ton quatrieſme ſuport,
On te donnaſt, ô crime! vne quatrieſme mort?
Si la tendreur des ans, ſi la ferme conſtance,
Si de tes chers enfans la ſimplette innocence,
N'ont peu de ce cruel la cruauté domter,
Au-moins, au moins tes maux le deuoyent arreſter!
Qui plus eſt, lon ne voit aucune ame dolente
Courir pour ſecourir ta vieilleſſe tramblante!
Mais doy-ie rendre icy dedans l'eau de mes pleurs,
Et moindre ta conſtance, & plus grands tes malheurs?
    Or donc, ô mere douce, ô douce mere eſcoute,
Si ton quatrieſme enfant le ſuplice redoute.
La flamme ſur la poiſle auançoit ià ſes flots,
Quand au dernier ſoûpir il ſoûpira ces mots.
    Eſt-ce pas vn grand heur aux malheurs où nous ſõmes
Que par l'huis de la mort ie deſparte des hommes?
Eſt-ce pas vn grand heur que moy tant malheureux,
Eſpere en reuiuant d'eſtre vn iour bien-heureux:
En lieu que l'Eternel te redonra la vie,
Pour te payer, Payen, de ta grand' tyrannie?
Ie n'ay las! qu'vn moment du parler à la mort,
Et Cygne vay chantant mon extreme confort!
Ma vie a le cours bref, & ſi n'eſt imparfaite,
Sinon que pour auoir au vice eſté ſujette:
Cependant qu'elle ſuit mon ſang ſe reſpandant,
Mon repos deuient froid par vn feu trop ardant,
Et tandis que ce feu d'eſclairer continue,

Tout se va noircissant deuant ma pauure veuë!
Adieu donques Soleil, adieu claire beauté,
Ie vais ores iouyr de plus belle clairté:
A dieu mortelle vie, vne douceur amere,
A dieu mes chers frerots, adieu ma chere mere!
Lors son parler finit, son corps frit craqueta,
Puis la mortelle place au cinquiesme quita!
  Iusques à quand ô Roy, mais plustost monstre horrible,
Animal Lybien, & Sarmate terrible,
Iusques à quand ô Loup, s'armera ton courroux,
Ton courroux si amer, contre vn troupeau si doux?
Ny ce que ces Hebreux sont francs de malefice,
Ny la triste longueur d'vn estrange suplice,
Ny les couteaux segrets des regrets maternels,
Ne peuuent amortir tes feux continuels!
Ainsi l'impetueux de la gresle sislante,
Ne prend point à merci la moisson innocente,
Mais tant que la matiere alonge son pouuoir,
Sur ses riches guerets sa rigueur se fait voir:
Les espis barbelus chétifs panchent la teste,
Et le laboureur pasle a l'œil sur la tempeste.
  Encore, dit l'Hebreu, que tout le genre humain
N'egale en mauuaistie ton courage inhumain,
Celuy qui de tous biens est la seule fontaine,
T'a donné dessur nous vne force hautaine:
Mais n'estime pourtant que du pauure Israel,
Ne porte en vray pere vn soin perpetuel:
Ains aten seulement, & sa grande puissance
Rendra tes maux viuans, & morte ta semence.
Ie ne te requier-point d'amoindrir mes douleurs,
Mais de te contenter de mes tristes malheurs.
Mire afin qu'vn seul trait de ta rigueur ne meure,
Iay dessur ma teste assembler à cette heure

Tous les mortels torments que tes sanglans bourreaux
Pourroyent faire à ma mere,& ces deux iouuenceaux,
Car tu peux-bien sauuer cette blanche vieilleſſe,
Et pardonner encor cette ſimple ieuneſſe!
Mais le pauuret ainſi ſa parole eſleuant,
Seme ſon oraiſon & ſa raiſon au vent.

   A peine auoit deſ-ja la reſtiſſante flamme,
En malheurant ſon corps,fait heureuze ſon ame,
  Que afin de ne finir ces tant doux traitements,
On commence à mener le ſixieſme aux torments!

   O fureur obſtinée!ô deſtinée amere!
O deſaſtreZ enfans!ô mizerable mere!
O Thracienne rage!ô crimes deſloyaux!
O ſanglant deſ-honneur fait aux ſceptres Royaux!
Pour vn morceau de chair d'vne beſte vilaine,
Ne pouuoir aſſouuir ſon cœur de chair humaine!
Vne Ourſe,vne Lionne,auroit plus d'amitié,
Et les plus durs rochers s'en fendroyent de pitié!
Du-moins ſi ce cruel,ce Tyran,ce Tartare,
Acheuoit à ce coup ſa cruauté barbare:
Mais il-veut,(l'inſensé,)monter encor plus haut
Au feſte de malheurs,pour faire vn plus grand ſaut.

   Tout de meſme lon voit,ô bruyantes fuzées,
  Que vous dreſſeZ au Ciel vos teſtes eſlancées,
Puis ayans de vos feux tancé les Cieux en vain,
Ne pouuans plus monter,mortes tumbéZ ſoudain.
Comme donc du ſiſieſme on commença l'outrage,
Le pitoyable enfant commença ce langage.

   Canibale acharné,Roy des Roys execreZ,
Nous ſoufrons las!des maux dignes d'eſtre admireZ,
Mais non,Prince offenceur,pour t'auoir fait offence,
Ains auoir prouoqué la Diuine vengeance:
Et ne nous tourmentons d'vn tourment ſi cruel,

Mais d'auoir irrité le grand Dieu d'Iſrael?
Donques ne te fein point, arrache mes entrailles,
Eſcarboüille ma teſte, & bats-en les murailles.
Vien vien foüler, cruel, me traperçant le flanc,
Ta faim deſſus ma chair, & ta ſoif en mon ſang:
Roſti, bruſle mon corps, & ſi tu peux, mon ame,
Tu ne me puniras d'vne aſſez digne flamme!
Mais garde-bien qu'vn iour Dieu ne jette vangeur
La verge qui nous bat au feu de ſa rigueur.

   Voilà comment conſtant il meſpriza la vie:
Puis il dit les adieux à ſa chere patrie,
Sa regrettable mere & ſon frere baiſa,
Puis de ſon corps brulé l'ame ſe diuiſa.

   Ie ne vous tairay point la conſtance admirable
Qui rend encor aux bons la mere memorable:
Mere qui tous ſes fils voyant perdre en vn iour,
Le portoit d'vn bon cœur pour la diuine amour.
Ainſi qu'on les menoit à la mort treſ-cruelle,
Elle les enhortoit en langue maternelle,
Et logeant vn cœur maſle en vn corps feminim,
Humaine leur tenoit ce langage D…

   Or allez de par Dieu, allez, chétiues ames,
Allez, pauures enfans, ſur les mortelles flammes:
Peut-on auoir çà bas quelque plus grand honneur,
Qu'eſtre hays du Monde, & cheris du Seigneur?
Ie ne ſçay-pas comment, (ma chere nourriture,)
En mon ventre aparut voſtre humaine nature:
Auſſi ce n'eſt pas moy qui l'eſprit vous donnay,
Ny meſme de vos corps les membres façonnay.
,, Car, ô mes biens-aimez, ce grand Pere du Monde,
,, Qui ſans commencement tout commencement fonde,
,, Eſt cetuy-la, ſans plus, dont la grand' Deité
,, Des fragiles Humains fait la natiuité.

Außi c'eſt cetuy-la dont la grace infinie
Vn iour ſe ſouuiendra de vous rendre la vie,
Puis qu'il voit qu'à preſent ſous vn iniuſte Roy,
Vous meſpriſez vos corps, priſans ſa ſainte loy.
　Que vouluſt-on pour vous ataquer ma vieilleſſe!
Vous eſtes, ô tendrons, en ſi tendre ienneſſe,
Et à mes yeux vieillards le Soleil ja deſplaiſt:
Mais Dieu ſoit obei: ie mourray s'il luy plaiſt.
　Donc ſa grand patience, & ſa grand ſapience,
Rempliſſoyent le Tyran de grande impatience:
Et voyant maintenant le ſepticſme reſté,
L'homicide luy tient ce langage affecté.
　Venez-çà, mon menon, belle petite image,
Vraiment ie reconnoy que vous eſtes bien ſage:
Ne faites pas, mon fils, comme ces malheureux,
Ces eſtes, ces ſerpents, iuſte proye des feux.
Non non, ie vous promets, mon enfant, ſur mon ame,
Vous eſte Iupin, le Dieu que ie reclame,
Le Monarque des Dieux, que ſi vous voulez-bien
Laiſſer de vos ayeux cet erreur ancien,
Ie vous feray touſiours rire & mille careſſes,
Voire & vous combleray d'honneurs & de richeſſes.
Ie ſuis vn Roy puiſſant, & mon eſpoir eſt tel,
　Que d'eſtre en l'Vniuers Monarque vniuerſel:
Et puis, mon ſage enfant, i'aime celuy qui donne
Victime à Iupiter, & gloire à ma couronne.
　Et quoy? gentil Monarque, as-tu nouueau flateur,
As-tu gentil Gentil, peu changer ta fureur?
Non non, cœur endurci, ce que ton dur courage
Maintenant s'amoliſt, n'aboliſt point ſa rage.
Mais eſt-ce par feintize ou cruauté que doit
Vn Roy tenir la main à maintenir le droit?
Penſes-tu d'atirer d'vne amere clemence,

Vn

Vn cœur si ieune d'ans, & si vieil de prudence?
Est-ce pour ton honneur que tu prens ce souci,
Ou si pour son repos tu te peines ainsi?
Ny le certain honneur, ny l'aise ne se fonde
Sur le meschant conseil, ny sur la mort seconde.
Mais faut-il contre toy de paroles m'armer,
Quand ma voix se perdant va parlant à la Mer?
  Le ieune Iacobite alors ne prit enuie,
D'ouyr cette importune & douce flaterie:
Le Tyran mesprizé raui s'en tourmenta,
Fit apeler la mere, & soudain l'enhorta
D'assister par conseil de son fils la ieunesse,
Pour voir son ieune fils assister sa vieillesse.
Or pour tant de propos de maint serment suiuis,
La mere en fin promit de conseiller son fils:
Et sage en se moquant du fol Roy qui l'exhorte,
Exhortant son cher fils, luy dit en cette sorte.
  O ma vaine Esperance! ô mon sang, mon Esmoy!
O reste de mes fils, ayes pitié de moy!
De moy, mon cher enfant, qui trente & six sepmaines,
Te portant dans mon ventre, ay souffert tant de peines,
T'ay tendu ces tetins durant trente & six mois,
Et nourri iusqu'ici nourrissant mil esmois.
Ores lasse ie t'exhorte, ô mon petit Moy-mesme,
Race du bon Iacob, enfant du Dieu supresme,
De regarder les Cieux, le terrestre manoir,
Et tout ce qu'en la Terre & aux Cieux lon peut voir,
Et d'entendre que Dieu le Maistre à qui nous sommes,
Fit tout celà de rien, voire mesme les hommes:
Lors on ne te verra porter à contre-cœur,
De ce bourreau de Roy la sanglante rigueur:
Mais mourant, mon ami, comme tes pauures freres,
Seras digne comme eux de semblables miseres,

E 5

A fin qu'apres ces maux, eſtant fait bien-heureux,
Dieu te loge par grace au Ciel auecques eux.
Et adieu, mon Amour, adieu mon Eſperance,
Tu ne ſoufres pas ſeul, j'ay part à ta ſoufrance,
Mais las! que ie tè baiſe! Adieu mon ſeul enfant,
Adieu, pauuret! adieu: helas! le cœur me fend!
　　Hé, ma mere, dit-il, ma mere hé ie regrette,
Non de laiſſer ce corps, mais vous laiſſer ſeulette,
Helas! mon ſeul regret, ma mere, & qui ſera
Celuy qui comme enfant, ores vous ſeruira?
Qui vous pourra conduire, en conſolant vos pertes,
Aux planchers deſolez de nos chambres dezertes?
Vous eſtes ſans mary, ſans enfans, ſans ſoulas,
Mais Dieu le Dieu d'Abram ne vous manquera pas.
Au-moins, ma mere, au-moins qu'encore vne fois touche
Voſtre main à ma main, voſtre bouche à ma bouche.
Ma mere, ie m'en vay, ie m'en vais ore à Dieu,
Adieu donques ma mere! helas! ma mere adieu!
　　Il eut dit, & ſoudain au Tyran il s'adreſſe,
Vien maintenant, Barbare, exercer ta rudeſſe,
Rien plus ne me retient, Eſcorche, bruſle moy,
Ie ſuis tout reſolu de n'enfraindre la Loy.
Nous ſentons du Seigneur les Celeſtes vengeances,
Pour le terreſtre amas de nos noires offences,
Mais ſon courroux ſans plus nous voulant corriger,
Sur ſes pauures enfans ſe monſtrera leger.
Quand à toy, deſloyal, inuenteur de ſupplices,
N'eſléue point en vain tes eſtranges malices,
Car tu n'as eſchapé le iuſte iugement
De celuy qui peut tout, & voit tout clairement:
Et pour vne douleur de petite durée,
Mes freres ont au Ciel leur ame bien-heurée.
Ie m'en vay donc les voir, priant le Dieu des Dieux
                                            Qu'il

Qu'il desloge des Iuifs son courroux furieux:
Et doint auec vsure à ta race maudite
Le payment merité par ton grand desmerite.
   Les assistans rauis furent meus cette fois,
Pour vne si diuine & enfantine voix:
Et chacun en auoit les larmes au visage,
Les soûspirs à la bouche, & le dueil au courage!
Sans plus Antiochus enflammé de rougeur,
En refronçant le nez, renflamma sa fureur:
Contre ce ieune enfant il eut plus de colere,
   Qu'Oreste l'enrage contre Ægiste adultere,
Ny que contre Eriphyle vn cruel Alcmeon,
Ny que les chiens ingrats contre leur Acteon:
Car voyant mespriser sa promesse & son ire,
Sur ce pauure martir il doubla le martire.
   Les Enfers à ce coup parlerent res-jouïs.
(Si ioye y peut entrer)de ces maux inoüis!
Le Prince flamboyant des gemissantes ames,
Aprestoit ses horreurs, ses bastons , & ses flammes:
L'auare, le vieillard , & l'horrible naucher,
Sur Cocyte ajançoit son basteau passager:
Cerbere estoit debout : Megere & Tisiphonne,
Animoyent les serpens dont leur chef se couronne,
Elles branloyent le chef, les serpens se tordoyent,
Bref,tous les infernaux ce Barbare atendoyent!
   Ainsi le ieune Hebreu surmonta les trauerses
Que luy donnoyent du Roy les ateintes peruerses:
Presque tel que l'esponge : Elle va sur la Mer,
Sans que l'onde & le vent la puissent abismer.
C'est le dernier enfant , mais non l'ame derniere,
Qui lors par le martire au Ciel prit sa carriere.
Faloit-il pas qu'aussi pleine de dueil & d'ans,
La mere las ! suiuist le trac de ses enfans?

Qui euſt pour dignement pleurer ſa ioye eſteinte,
Fourni ſes yeus de pleurs , & ſa bouche de pleinte?
Et comment las?euſt-elle , en plaignant ſon malheur,
Porté la vie au corps,& la mort dans le cœur?
Voyant donques ſa mort deſ-ja toute conclue,
En diſant ſes adieux,la Mort elle ſalue.
   O belle, ô ſouhaitable, ô charitable Mort,
Reconfort des ſeuls bons,& mon ſeul reconfort,
Tu ſois la bien venue, ô Mort,ie te ren grace,
   Que tu m'as au martire encor gardé ma place.
Belle ce n'eſt pas moy , ce n'eſt pas moy qui rens
Si horrible & ſi dur ton nom entre les gens:
Et lon te dit à tort touſ-jours eſtre imployable,
Car maintenant au-moins , ie te ſen pitoyable!
   Que feróy-ie ore ici?Tout heur m'eſtoit adjoint,
I'auoy ſept beaux enfants,ores ie n'en ay point!
Hà,donques vous auez quité la Terre immonde,
Mignons,premiers que moy,qui vous mis las!au monde!
Les roſes tout ainſi paſſent ſoudainement,
Et l'eſpineux roſier dure plus longuement.
Ore,ô dueil,ie n'ay rien,rien que cette triſteſſe,
   Qui perche ſur mon chef tout fleuri de vieilleſſe!
Adieu donques adieu , fidelle nation,
Adieu las;pour iamais!adieu ſainte Sion,
Adieu Ieruſalem: adieu las ! ſainte ville,
Ville iadis ſeruie , & maintenant ſeruile,
Celúy qui peut d'enhaut toute choſe accomplir,
O Cité de Dauid,te vueille reſtablir.
   A peine s'acheuoit ſon propos funeraire,
   Que le Prince horriblant ſon regard ſanguinaire,
Impiteux va criant:Sus ſus,amenez la,
Sus trainez, eſcorchez, acrauantez cela,
Vipere,vous mourrez, vipere,& voſtre offence,

Vous

Vous fera voir la-bas voſtre rebelle engeance.
Vn Roy doit eſtre craint: & ne doit eſtre Roy,
S'il ne ſçait chaſtier le meſpris de ſa loy.
  Lors des yeux de pitié les moins piteux pleurerent,
Ils allerent dehors:les autres demeurerent,
  Qui voyans ce courroux tel de fait que de voix,
Semblable au feu qui vit tant qu'il trouue du bois,
Deuant l'injuſte Roy d'vn murmure rezonnent,
Comme ces vents eſmeus que les bois emprizonnent.
Mais pour tant de douleurs elle ne s'eſmeut point:
Vne crainte preſſée au ſuplice la poind,
Mais las! c'eſt qu'elle craint que la rage aſſez fiere
De ce fier enragé,ne ſoit aſſez meurtriere!
Ainſin elle mourut: Son ſang tacha le lieu,
Son corps alla par terre, & ſon eſprit à Dieu.
  Voila donc,(mon Goulari que ſans ceſſe ie loüe,
Et à qui mon hiſtoire & moy-meſme ie voüe,)
Comment ce ſaint troupeau,taſchant de n'eſtre pas
Contraire aux bien-heureux, fut mal-heuré çà bas
Et en ſiecle tors,(ô choſe deplorable!)
A peine verroit-on vne troupe ſemblable:
Car lon croit que ceux la n'euſſent pas fait grand tort
De manger vn morceau, pour euiter la mort:
» Mais lon doit au Seigneur vne crainte ſi grande,
» Qu'il faut touſiours viſer à ce que Dieu commande:
» Et faire moins de cas de mourir mille fois,
» Qu'vne fois ſeulement faire contre ſes loys.

ORAI

ORAISON.

Premier & dernier, sus qui ferme se fonde
Le large bastiment de la machine ronde,
Qui t'entrosnes és Cieux, & gros de
    majesté
Des gens plus redoutez te monstres redouté:
Toy dy-je, ô Haut-tonnant, qui exerces vengeance
Sur ceux dont l'exercice est de commettre offence,
Et qui monstres, ô Dieu, ton humaine pitié
Aux Humains recerchans ta Diuine amitié:
Escoute, ie te prie, ô Deité non feinte,
Escoute ie te pry, ma dolente complainte:
Et comme tu es seul, vueilles seul exaucer
Mon oraison qui veut à toy seul s'adresser.

    Que nous sert d'apeler maintes aureilles sourdes,
Et demander secours à des mains qui sont gourdes?
Nous ressemblons chetifs! aux petits oyselets,
    Que la mere tuée a laissez tous seulets:
De gosiers afamez à l'Air ils se lamentent,
Mais puisque l'Air est sourd, en vain ils se tormentent:
De mesme bien souuent nous daignons requerir
Ceux qui ne nous pourroyent au bexoin secourir.

    Aussi ie vous lairray, Cytheriade troupe,
Nymphes qui commandez sur l'Olympique croupe,
Sur Pinde & Cytheron, & qui sans fin humez
Le surjon Pimpleide, & le sauoir aimez:
Sinon que vous vueillez reconnoistre pour Prince,
Ce haut Roy qui rezide en l'heureuse Prouince
Du Spherique Reyaume, & l'adorer selon
Qu'il preside sur vous, comme droit Apollon.

Ie

Ie ne t'allegue, ô Dieu, pour payment mes merites,
Mon iniuste iustice, & hay les hypocrites
Qui n'estimans ta grace, estiment de trouuer
Quelque argument en eux digne pour les sauuer.
Quel fruit t'ofriront-ils qui de leur creu s'amasse?
„ Si l'homme fait du bien il le prend chez ta grace:
„ Encor' ce bien chez luy deuenant imparfait,
„ Semble à l'eau mise pure en vn canal infait.
Tu es mon Roy, mon Tout, tu es mon Dieu, mon pere,
Mais contre ton enfant ne te monstre seuere:
Que si ie n'ay parfait ton parfait mandement,
Comment peut l'imparfait viure parfaitement?
Ie suis las! imparfait en chacune partie:
Car comme l'œil ne voit, ny la main ne manie,
Ains l'homme voit & touche: Ainsi mon œil fautier
Ny ma main n'ont failli, mais las! moy tout entier!
Nostre nature aussi ressemble à l'espy gresle,
Qui voyant arriuer l'aspre assaut de la gresle,
En lieu de rezister, porte son chef baissé,
Qui des roides boulets est soudain tout froissé:
Du-moins quand le peché me vient liurer bataille,
Ie ne puis que vaincu soudain ie ne defaille!
Mais si des repentans tu as bien quelque esmoy
Pere, ô Pere eternel, ayes pitié de moy:
Veux-tu peser mes faits en ta iuste balance,
Pour apres exercer contre moy ta vengeance?
Voudrois-tu te bander contre vn roseau cassé,
Qui d'vn souffle de vent se reduit fracassé
En brindelles, festus, & poussiere menue,
Et qui perd sa vigueur, comme on voit qu'vne nue
Disparoist dans les airs, quand le Soleil espard
Dans le Ciel ondoyant, son iaunissant regard?
Que feroit l'alliance, ô Clemence parfaite,

Qu'auec

Qu'aueques tes esleus de long temps tu as faite:
Si tu faisois la guerre au brandillant rainseau,
Qui n'a pour tout souftien qu'vn petit arbriffeau:
Et voulois en colere,ha ! defbrizer l'argile,
Tout ainfi qu'vn potier caffe fon pot fragile?
Ton excellent pouuoir ne fe connoiftra pas,
Si contre vn enfançon tu veux roidir ton bras:
Quand aux pauures captifs liberté lon acorde,
On voit alors que c'eft que de mifericorde:
Si tu veux donc,Sauueur,me mettre à fauueté,
Lon verra des effets de ta gratuité.

   Que fi tu veux monftrer que ta puiffante foudre,
Veritable Iupin , nous peut reduire en poudre:
Helas!en douton nous? Fis-tu pas abifmer
Les Anges orgueilleux dans l'Infernale Mer?
Et fi tu peus auoir vne telle victoire,
Tu peux-bien d'icy bas arracher la memoire
D'vn boüillon de riuage, & d'vn mince feftu,
Qui ne te mercira pour l'auoir abatu:
Car tu aurois deffait vne foible nature,
Qui fut bien toutesfois de tes mains la facture.

   Que fi tu ne m'as fait pecheur comme ie fuis,
Que ta grace pourtant ne me ferme-fon huis:
Car humble ie prefente à ta Majefté haute,
Vn qui ne faudra point de nettoyer ma faute.
C'eft ce robufte Atlas , dont l'efpaule fouftient]
Cet aimantin palais qui le Monde contient:
C'eft celuy que châcun doit en fin reconnoiftre
Son Auocat vnique & fon vnique Maiftre.
Auffi las!ô grand Dieu,las! c'eft par fon recours,
Que ie vais en plorant implorant ton fecours:
Et des yeux de la foy,ie voy fes yeux fidelles,
Qui promettent douceur pour mes peines mortelles.

Si

Si doncques mon forfait est iniustement grand,
l'offre à ta grand iustice vt tref-iuste garand,
Et ne vueille à cete heure, immortelle puissance,
Ne vueille regarder à ma mortelle offence.
Ton fils vnique au bois en-vain auroit soufert,
Si pour le bien des siens son sang n'estoit ofert:
Et si tu refusois sa requeste supresme,
O Seigneur, tu viendrois refuser à toy-mesme !
Puis qu'est-ce qu'on diroit, si tu faisois de moy,
Comme d'vn criminel fait vn seuere Roy ?
Ce Dieu qui sied là-haut, que le Monde reuere,
Contre vn pauure pecheur s'est monstré fort seuere !
Et puis, seruez le bien, & tous iours son courrous,
Pour peu que vous bronchiez, tumbera dessus vous.
Voilà ce qu'on diroit : Or Seigneur, ie te prie,
Que quand tu t.......   filet de ma vie,
Tu ne retranches point mon esp.......goureux,
De ce nombre innombré des esprits bien-heureux:
Tes Anges resiouis t'en bruiront des louanges,
Et moy qui te louray parmi le bruit des Anges,
Ne craindray comme ici, d'enfraindre quelquefois.
Les parfaits mandements faits par ta seule voix.

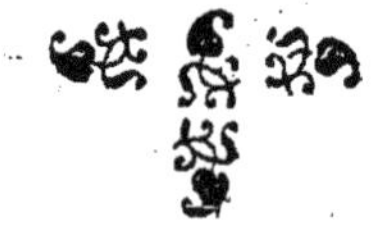

CANTIQVE POVR

L'ACTION DE GRACES
de la reconualescence
d'vne griefue ma-
ladie.

E N fin, ô Tout-puißãt, il faut que ie cõmence
A monstrer la douceur de ta douce clemẽce:
Les biens que tu me fis, quãd tu me r'appelas
Ià dê-ja tout transi, des ombres de là bas!
Que ne puis-je en loüant cette faueur diuine,
De diuine fureur me grossir la poitrine,
A fin que le surjon de ce parfait bon-heur,
Ne vist sortir son los d'vn imparfait sonneur?
M'y pourrez- vous ayder Nymphes qui des montaignes
Mirez dedans l'espars des plaisantes campaignes?
Quoy? seront- ce les Pans, les Faunes, les Syluains,
Les cornus Cornepieds, & les Satyres vains?
Les Chesnayes, les bois, où les Hamadryades
Qui perdent leur santè pour les arbres malades?
Ny les Bacchantes sœurs aux chancelants cerueaux,
Ny les flots recourbez des fluuiales eaux?
Ny le troupeau fuyard des Nauondes peureuses,
Beuuans aux caueaux frais de leurs maisons gemmeuses?
Seront-ce les Tritons, ou Glauque homme-poisson,
Panopée ou Neré, Melicerte enfançon,

O ij

Ou leurs freres moiteux qui courent leurs carrieres
Sus lazur refrizé des ondes marinieres ?
Sera-ce vn Apollon, ny la brigade außi
Des Libetrides sœurs, qui plongent leur souci
Dans le marbre parlant de leurs eaux recreßée,
Et rendent en douceur nos paroles trempées ?
Helas ! pauures Mortels, quand Dieu nous fait du bien,
Si nous l'en mercions, c'est par son seul moyen:
,, Tout le bien que produit vne nature humaines,
,, Coule de l'Eternel, comme d'vne fontaine.
Si bien que plus nos voix vont merciant ses dons,
Plus il nous fait de grace, & plus nous luy deuons.
Ainsi le veut l'Ouurier de la mondaine boule,
A fin que le Mortel de fierté ne s'empoule.
Mais il est ores tems que par moy soit conté
Comment Dieu me fut juste & rempli de bonté.

　　Or sa main vangereße à bon droit corroucée,
S'estoit en sa fureur sus mon chef eslancée,
Tellement que plongé dans l'abisme d'ennuis,
De mil ombres errants estoyent pleines mes nuits,
Mes jours plus gracieux de pleur calamiteuse,
Et ma pauurette chair de douleur espineuse.
Ie n'auoy membre aucun qui veuf de sa couleur,
Ne fust paslement foible, & recuit de chaleur:
Sur mes os esmoüellex ma peau toute colée,
Augmentoit la douleur de mon ame troublée:
I'auoy bien de l'espoir au fort de mon torment,
Mais c'estoit d'entrer tost dans vn froid monument.
Mes léures tramblotoyent, & l'enflambée haleine,
Me chassoit, maugré l'art, le sommeil chasse-peine.
Car ny des instruments l'accord melodieux,
Ny l'accord de la voix, ne me charmoit les yeux,
Ny l'oublieux Pauot, ny l'endormant breuuage,

Ny l'amas Lethean de mainte herbe sauuage :
Mes sens aneantis n'auoyent plus de vertu,
Et les maux qui rendoyent mon corps tant abbatu,
Reſſembloyent proprement à ces ſoudaines ondes,
 Qui ſur le fil de l'eau vont courant vagabondes:
 Quand vn flot fuit en bas, l'autre flot ſuit ſon cours,
Ainſi mes maux ſoudains s'entre-ſuiuoyent touſiours :
Plus n'habitoyent chez moy les terreſtres penſées,
Mes volages amours eſtoyent toutes paſſées.
Mes deſſeins renuerſez, & jà mes plus ſains vœux
Pendoyent deſſur le bord du cercueil oublieux:
 Ie me minois chetif ! comme vne vieille ſouche,
 Qui au chams deſcouuerts aux vents & pluyes couche:
Ou comme fait la cire & le ſoufre bruſlant
 Qui ſeruent de viande au flambeau petillant.
Oubliray-ie qu'encor bien ſouuent mon courage
Eſtoit las ! en s'eſuanuſſant comme eſprit d'vne rage?
Ie penſoy qu'à mes yeux de là-haut paroiſſoit,
Celuy qui de mes maux la vangeance braſſoit:
 Qui vouloit en branlant des dards rouges de flamme,
Oſter l'ame à mon morps, & la vie à mon ame !
 Tantoſt ie me penſoy: Le courroux deſpité
Du Dieu vindicatif, te rend ore alitté,
Et t'ordonnant le but de ſon ire imployable,
Te veut mettre à chacun pour terreur effroyable.
Tantoſt il me ſembloit que des ſerpents voloyent,
Et pour me conſoler que les gens me ſifloyent !
 Helas ! Muſes helas ! pauures ſœurs deſolées,
Nymphes las ! mon cher ſoin, où eſtiez vous allées !
Eſt-ce que vous n'euſſiez pitié de mon eſmoy,
Ou que vous euſſiez peur de mourir comme moy ?
Las ! Nymfettes helas ! ſi du-moins voſtre lyre
Euſt daigné de charmer mon-laiguiſſant martire !

Mais

Mais vous auez quité celuy qui ne pourra
Las ! quiter voftre amour iufqu'à ce qu'il mourra.
Lon vit bien trentefois par les celeftes plaines,
Reprendre au clair Soleil fes ordinaires peines.
Auant que du chaud-mal l'indomtable pouuoir,
En fe diminuant augmentaft mon efpoir.
Bref, tout ainfi qu'on voit vn grand amas de nue,
Plein d'efclairs meffagers, & de grefle menue,
Froiffer fiflant tonnant, les efpys furdorez,
Pour en faire vn ioüet aux vents defefperez:
Tout de mefme ô pitié ! l'amas de mes offences,
Auoit fait efmouuoir les Diuines vengeances,
Qui grefloyent deffur moy maintes aduerfitez,
Pour me faire joüet de toutes mal-heurtez.

   Mais ainfi que i'aloy pour l'extreme agonie,
Haletant & perdant mes foufpirs & ma vie,
Ie commence à fentir que le Dieu Tout-puiffant,
Va pour finir mes maux, ma fanté commençant.

   Comme au gliffant azur de Tethys porte voiles,
Vn orage s'efleue, & romt hune, mas, toiles,
Befle, proüe, auirons: iettant deffous les flots,
Efpars qui çà qui là les pauures matelots ;
Qui portez de l'Oueft, des vagues, de l'orage,
Contre les forts efcueils, en fi trifte naufrage
Se penfent combourgeois des peuples efcaillez:
Quand prefque à demi morts, defrompus & moüillez,
Ils trouuent aupres d'eux maint efclat du nauire,
Qui roûlant flot fur flot au riuage les tire:
Ainfi vaguant chétif, dans vn large Neptun,
Rempli d'efcueils d'effrais, & de mal importun,
I'eftoy vray n'aufrager, & n'ayant efperance
Que furgiffant au port ie receuffe allegeance,
Ie me tenois au rang des fameux citoyens

Des heureuſes citex des chams Eliſiens:
Alors que i'aperceus vne planche ſur l'onde,
Qui me faiſoit paſſage à r'entrer en ce Monde,
Ma face peu à peu reprenoit ſa couleur,
Mon pouls precipité rapaixoit ſa chaleur,
Mes membres alachis perdoyent cette foibleſſe,
Et chàcun pres de moy r'apeloit ſa lieſſe.

   Les images diuers de mes ſonges menteurs,
Ne m'aportoyent plus tant de Paniques terreurs:
Mes yeux s'illuminoyent, & ma vague penſée
N'eſtoit plus çà & là ſans arreſt eſlancée,
Ma peau ſe refaiſoit, ma langue reparla,
Bref toute ma langueur peu à peu s'en alla.

   Mon Luc anparauant tout oyſeux de deſtreſſe,
Reuoyant ſain ſon maiſtre, en chanta d'allaigreſſe!
Et les Muſes encor les Muſes mon Eſmoy,
Me renuoyans gueri, s'en reueindrent à moy.
,, L'on voit ſans plus le Chœur du coupeau Parnaſſide,
,, Se ſeruir des cerueaux où la ſanté reſide.

   Mais ne fut-ce pas toy, grand Monarque des Cieux,
Qui r'amenas chex moy ce troupeau gracieux,
Pour me voir par ſon aide, ô Phœbus veritable,
Mercier humblement ton ſecours profitable?
Quel pouuoir ô Seigneur, ont les Simples çà bas,
Pour guerir les Mortels, quand il ne te plaiſt pas?
Et quel ſeur iugement peut l'humaine nature,
Ordonner ſur la mort d'vne autre créature?

   Mais las? qu'auoy-ie en moy, (fontaine d'amitié,)
Qui te donnaſt ſujet de me prendre à pitié?
Que t'auoit fait ô Dieu, ma voix toute tremblante,
A fin d'eſtre par toy faite plus clair-parlante?
Que t'auoyent fait mes doys pour eſtre r'aſſeurez,
Mes genoux r'afermis, & mes yeux eſclairez?

Las!

Las ! quand il me souuient que tu m'as fait de mesme
Qu'au serf du Centainier, de qui le mal extresme
Tu changeas en santé: voire ô Dieu tres-benin,
Que tu m'as fait ainsi qu'à l'enfant de Nain,
Ou comme à la fillette, à qui tu rendis l'ame,
La sortant par la main de la poudreuse lame:
Pour ne t'en pouuoir rendre vn assez digne los,
La perte de mon mal fait accroistre mes maux.

 Puis-je pas comparer ta soudaine assistance,
A celle que Ioseph receut de ta clemence,
Ou bien l'accomparer au bien-fait gratuit
Que par le promt enuoy du mouton fortuit,
Isac receut de toy, lors que pour ton seruice,
Il panchoit sous le fer son col en sacrifice?
Car ô Dieu, ne voulant que mon humble vouloir,
Tu n'as pris ce qui mesme est en ton seul pouuoir?

 Tout ainsi qu'vn prudent & pitoyable pere,
Ne veut point chastier en sa chaude colere
Ses enfans desprauez pour les faire perir,
Mais les ayant chassez les r'enuoye querir,
A fin de demonstrer à sa race plus sage,
De son interne amour externe tesmoignage:
Tout de mesme il t'a pleu ta colere allumer,
Pour me rendre plus sage, & non pour m'abismer!
Aussi las ! Pere, aussi, las ! ô Pere, qui chante
Dans les pleurs tenebreux ta gloire reluizante?
Ceux qui vont exaltant tes Diuines bontez,
O bon Dieu, sont-ils pas eux mesmes exaltez?
Est-ce pas, ô Seigneur, cette trouppe fidelle,
Qu'ici tu vas gardant ainsi que ta prunelle?
Aussi c'est toy Seigneur, c'est toy qui nous promis,
Quand l'enfant par sa mere en oubli seroit mis,
Qu'on ne verroit pourtant que porté d'oubliance,

Tu nous fiſſes mentir ta certaine alliance.

Si tu m'as raui donc, ô ſupreme confort,
Comme vn ſecond Lazare à la premiere mort,
Las ! ores ie te prie, ô mon confort ſupreme,
Me ſortir de la mort dont l'entrée eſt extreme.
Mais quels preſents par moy pourront bien t'eſtre faits,
Pour le doux ſouuenir de tes larges bien faits?
Si tu requiers vn don de quelque choſe bonne,
Donne-la donc, ô Sire, à fin que ie la donne.
Tu m'as bien, ô Seigneur, donné & redonné
Cet eſprit en mon corps encore empriſonné,
Dont n'ayant rien meilleur, cette ame penitente
Ore pour mon preſent deuant toy ſe preſente.
Mais helas ! que ce don, ce don de petit prix,
Deuant ta Maieſté ne ſoit point à meſpris:
A fin que s'en allant hors de ſa priſon douce,
Par l'aile de la Foy mon ame au Ciel ſe pouſſe,
Pour de ta grand loüauge augmenter les accords,
Sous le ioyeux eſpoir qu'elle r'ara ſon corps,
Pour pouuoir puis-apres loüer de corps & d'ame,
Ton ſainčt nom haut-loüable, ô Dieu que ie reclame.

PRIERE A DIEV.

 Ere, moteur du Ciel, immortelle lumiere,
Qui tout-puissãt as fait ce Mõde spacieux,
Puis que tu as peu faire & la Terre & les
  Cieux,
Tu pourras bien, ô Sire, exaucer ma priere.

Par l'abisme profond de ta misericorde,
Ie suis comme pressé de m'adresser à toy:
Si i'y vien donc ô Pere, ô Pere escoute-moy,
Puis selon ta douceur ma requeste m'acorde.

Tu es, il est certain, parmi tous tes ouurages
Admirable, ô Tripl'vn, mais si est-ce pourtant,
(Excuse-moy Seigneur) que tu ne l'es point tant
Te souuenant du mal, qu'oubliant les outrages.

Ton Christ n'a deschassé la pauure Chananée,
Ton Christ ne déchassa le Publicain aussi,
Ton Christ prit en la croix le larron à merci,
Et ton Christ me promet ma grace interinée.

Pource, ie me resous, moy l'homme de la Terre,
Le plus digne de pleur, & le moins de salut,
De recourir à toy par l'Aigneau qui voulut
Pour nous faire la paix que lon luy fist la guerre.

Es-tu pas, ô Tressaint, cette sainte Adrastée,
A qui par les Humains tant d'honneurs estoyent faits?

Car tu vas puniſſant les injuſtes mesfaits,
Et iuſte regardant la choſe meritée.

Mais ſi tu regardois aux forfaits de mon ame,
Parce qu'ils ſont viuans,las!i'atendroy la mort:
Mais non,ie ne craindrois aucun mortel effort,
Car ie ſeroy touſiours dans l'immertelle flamme!

Sauue donc,Roy de paix,par ta grace indicible,
Celuy que tu pourrois par iuſtice damner,
A fin qu'oyant mes cris,tu me viennes donner,
Ce qu'obtenir ſans Chriſt me ſeroit impoſſible.

Me dois-tu dénier ta ſecourable grace,
Ores que ie requiers ton gracieux ſecours,
Veu que quand tu voulus donner iour à mes iours,
Ta grace me fit naiſtre auant que i'y penſaſſe?

Mais helas!qu'eſt cecy?Comment oſay-ie ô Pere,
Eu te requerant grace au lieu de chaſtiment
Opoſer vn ſalaire au iuſte iugement
Que ie dois eſperer de ta bouche ſeuere?

Ie ſuis las!bien diuers à celuy dont le iuge
Eſt l'auocat qui taſche à le iuſtifier:
Car las!Seigneur,c'eſt toy qui me dois chaſtier,
Et c'eſt à toy,Seigneur,où ie cerche refuge!

Les Anges tes courriers dont parfaite eſt l'eſſence,
En voulants t'adorer ne fremiſſent-ils pas?
Et l'homme que le vice aſſeruiſt au treſpas,
Comment donc viendra-til en ta claire preſence?

Mais que doy-ie douter? Si les certains exemples
e ta grande douceur, nous doiuent asseurer,
n'en veux donc, ô Dieu iamais desesperer,
n que i'en ay tausiours des tesmoignages amples.

Si tu es le berger hebergeant sous ton aile
fidelle assemblée assemblée à ta voix,
ray-ie pas à toy, puisque par tant de fois
parole preschée à ta bonté m'apelle?

Encor es-tu si bon, que tu daignes m'atendre,
lors que trop reslif ie te mets en oubli:
is lors que ie requier ton pouuoir acempli,
s promt à m'ouyr, tardif a me reprendre.

Mais cela n'est pas tout: Ie te suply persiste
me porter, ô Pere, vn amour paternel:
ne rejetant point mon cry continuel,
qu'à ta voix aussi iamais ie ne reziste.

Si tu ne retournois ta liberale face,
r engrauer ta crainte au marbre de mon cœur,
me mesconnoistrois, car le peché vaincueur
ia dans moy vaincu tout ton bel œuure efface!

O Celeste Empereur qui la Loy nous enuoyes,
laire Loy ressemble vn tresluisant miroir:
quand ie la regarde, elle me monstre noir,
r n'auoir cheminé dedans tes droites voyes.

e Ciel veut qu'on prefere aux affaires mondaines
eruice qu'on doit à la Diuinité:
s quoy? l'homme est tous-iours de nature incité

De postposer le Ciel aux affaires humaines.

Quand ie pense qu'ingrat i'ay bien mis mon estude
A te des-honnorer plustost qu'à te benir,
Ie me trouue Ixion, qui tascha de honnir
Son pere bien-faiteur par son ingratitude!

Comme le marjolet semence de Cephise,
Imprudent se noya pour vn ombrage vain:
Fol, ie me suis noyé dans le goufre mondain,
Sons ombre d'y trouuer la beauté plus requise!

Muses, mon doux Esmoy, gentilles Ascreannes,
Qui voulez que mon nom soit par vous publié,
Vous sauez quantes-fois halie me suis noyé
Pour des vaines beautez dans vos eaux Pimpleannes.

Ie me puis comparer au haut-volant Icare,
Qui ne creut au conseil de Dedale Cretois,
Car ie suis incredule, & Seigneur tu me vois
Poussé du vent bouff qui l'orgueilleux égare.

O vous que mes forfaits pour leurs complices eurent,
Quand ie vous voy bandez m'acuzer au Seigneur,
Vous me faites sembler Acteon le veneur,
Que ses plus grands amis à la fin mesconnurent.

Puisqu'vn remord couuert de fautes descouuertes,
Sans en monstrer l'effect me ronge sans pitié:
Ie ressemble vn arbret dont la teigne est au pié,
Et qui porte pourtant encor les fueilles vertes.

O Seigneur qui vois bien que tantost ma nature

Bruſle de te ſeruir, tantoſt perd cette ardeur,
Ie ſuis las! vn bourgeon qui laiſſe ſa verdeur
Au premier arriuer de la moindre froidure.

O Monarque eternel, qui vers toy nous apelles,
Las! ie differe bien d'Ephialte malin:
Trop de cœur le pouſſoit au pourpris criſtalin,
Et i'ay peur quand ie penſe aux voûtes immortelles.

L'impiteux Phalaris, & ſon ouurier de fonte
Perille ingenieux, ſans doute abhorreroyent
D'inuenter tant de morts, ſi toſt qu'ils me verroyent,
D'autant qu'il n'y a mort que mon mal ne ſurmonte.

Seigneur dont rien ne fuit la lumiere tres-haute,
Las! quelle eſchapatoire ay-ie pour m'excuzer?
Pour m'excuzer, ô Dieu, ie me veux acuzer,
„ L'excuze du pecheur c'eſt de dire ſa faute.

Mais comment ſauroit-on ſi ta douceur eſt grande,
Sans la peine qu'aquiert le damnable peché?
Il ne faut releuer cil qui n'a tresbuché,
Ny au raſſazié donner de la viande.

Les promeſſes de grace, ô Dieu que tu as faites
Depuis vn ſi long tems ne s'esfectureroyent point,
Si nous allions tes loix obſeruant de tout poinct,
Et ſembleroyent menteurs tes fidelles Prophetes.

De moy, ſi i'eſtoy iuſte, ô mon ſupreme Pere,
Pour requerir ta grace onc tu n'orrois ma voix:
Et ie n'auroy point peur quand tu nous iugerois,
Que ie vinſſe à ſentir ta ſentence ſeuere.

Si veux-ie dexormais, incomprenable essence,
Essayer d'obseruer les edicts que tu fais:
O Muses qui changiez tous mes faits en mesfaits,
Aprenez maintenant à chanter sa puissance.

Ie ne veux pinceter les cordes inegales
De mon luc babillard que pour sonner ton nom:
Parlant ie conteray combien tu nous es bon,
Et chantant te louray par chansons musicales.

Mais ô Dieu qui par-tout de tant d'honneur es digne,
Et que ie veux tascher de loüer pleinement,
N'espere de te voir haut-loüé dignement,
Car ie n'y emploiray que mon pouuoir indigne.

Ie voudrois estre ainsi que ces Celestes bandes
De tes ailez Esprits, truchements & courriers:
Car ne pouuant monstrer que des faits droituriers,
Ie pourroy te loüer comme tu le commandes.

Mais tu ne veux pourtant que ta gloire ie celle,
Dont tu dois t'acuzer si te loüant ie faux:
Puis si tu ne cerchois qu'vn assez digne los,
Nul ne l'ouroit ici ta puissance eternelle.

A NOS

A NOSTRE SEIGNEVR

Iesus - Christ.

Seigneur qui çà bas soufris tãt de destresse,
Ie vien vers ta bonté sur les pieds de la foy,
Car si tu as soufert que la Mort vinst à toy,
Ne souffriras-tu pas qu'ore à toy ie m'a-
    dresse?

Race du grand Dauid, Iesseide semence,
N'endure point mon ame acourir au trespas,
Tu la peux bien nourrir sans despendre grand cas,
Car mon ame, Seigneur, vit ici d'esperance!

Tu ne dois refuzer, ô Prince charitable,
De loger dedans moy, pour me voir trop infect:
Car tu ne te repens iamais d'auoir bien fait,
Et tu daignas pour moy loger dans vne estable.

Seigneur qui tiens sous toy les celestes puissances,
Si tu veux m'assister, suis-ie pas assez fort?
Car si tu as vaincu les efforts de la mort,
Tu pourras-bien, ô Christ, surmonter mes offences.

O Seigneur qui des Cieux descendis sur la Terre,
Pour faire paruenir ceux de la Terre aux Cieux,

F   5

Si je quite pour toy les rocs plus orgueilleux,
Si seray-je fondé sur la maistresse pierre.

O doux restaurateur, eternel sacrifice,
Tu fus rempli pour moy de mortelle douleur,
Et tu es cependant si rempli de douceur,
Que tu veux qu'en ta mort mon ame s'es-jouïsse!

Ie m'estonne comment, ô deux-fois-né Messie,
Tu fus le maistrizé & le maistre de tous,
Tu fus & le donneur & le don fait à nous,
Et comment peut ta mort donner vie à la vie!

Ne ressembles-tu pas Ariadne loyale,
Qui sortit de danger celuy qu'elle aimoit tant?
Car pour l'ardante amour que tu nous vas portant
Tu nous sors du danger de l'Infernal dedale.

Quand à part moy je peuse, ô fils du Roy celeste,
Que juste tu mourus pour moy tant desloyal,
Ie dy que nous semblons, toy Pylade loyal,
Et moy son cher ami, le criminel Oreste!

O Seigneur, n'es-tu pas cet Vlisse tressage,
Que ne peurent tromper les filles d'Achelois?
Car tu sçeus rezister à l'atrayante voix
De Satan qui de toy vouloit auoir hommage.

T'oseray-je nommer cet Hercule indomtable,
Qui mit les monstres bas, & l'Enfer en esmoy?
Car le peché difforme est surmonté par toy,
Qui vaincueur saccageas l'Enfer espouuantable.

Mais

Mais las! que veux-je faire, ô diuin chef des Anges,
Voudroy-je bien ton los de ma bouche tirer?
Si j'ay du jugement il est pour t'admirer,
Car il ne peut hausser tes hautaines loüanges.

Ie suis, ô mon pasteur, la brebis esgarée,
Le loup, de ma toison me déuest à tous coups,
Mais pour me garantir des morsures des loups,
Renclos moy dans ton parc sous ta garde asseurée.

Si ta bonté, Seigneur, tous mes sens n'illumine,
N'ordonne mon vouloir, resforme mes esprits,
Et de ta sainte amour ne rend mon cœur espris,
En crainte deuant toy jamais je ne chemine!

Vray Dieu, ne suis-je pas cet oublieux Thesée,
Qui quita celle-la dont il eut tant de bien?
Ie ne le veux nier, car il me souuient bien,
Que j'ay en t'oubliant ta grace mesprizée.

Comme au péneux errant és eaux Acherontides,
Sont effrays & tourments les Filles de la nuit,
Ainsi l'ambition, la haine engendre-bruit,
Et la rebellion, sont mes trois Eumenides.

Mais ô douceur Humaine & Diuine clemence,
Change en humilité ma grande ambition,
La haine à mon prochain en bonne affection,
Ma nature rebelle en saincte obeïssance.

Dessoiue en ton eau viue, ô Christ, cet hydropique
Qui bée à l'eau relante, & vueilles resueiller

Ce pexant lethargic, pour ne plus sommeiller,
Et mouue à te seruir ce corps paralytique.

Si tost que l'aise doux de son miel m'apastelle,
Les fruicts que ie produy, Seigneur, ne sont plus bons:
Ie ressemble vn gueret qui ne rend que chardons,
Quand le coutre argenté le dos ne luy pointelle!

Seigneur, si ie ressemble à la fleurette douce,
Du Papin qui s'en fuit à la merci du vent:
Ressemble ie te prie à l'Autan rauissant,
A fin que le seul-vent de ta bouche me pousse.

Comme l'enfantelet qui pour sa petitesse,
Chopant à tous les pas, tous-jours crie au secours,
Ainsin aux moindres maux à l'aide à toy ie cours,
Soy donques l'estanson de ma grande foiblesse.

Qu'on ne s'estonne point si tout noirci d'offence
I'ose me presenter à ta grande clairté:
Si j'estoy net ta mort me seroit vanité,
Et puis mon vice acreu n'amoindrist ta puissance.

O premier des viuans, qui nous rens tesmoignage.
Que nous pourrons par toy dans le Ciel habiter,
Ne permets Homme-Dieu, que j'en puisse douter,
D'autant que tu es seul la promesse & le gage.

Lors que l'horrible Mort, ô Redempteur supresme,
M'ostera de mon tronc pour estre au tien enté,
Fay que mon cœur craintif n'en soit espouuanté,
Veu que pour mieux verdir il faut deuenir blesme.

Si

Si de marcher bien droit je veux auoir enuie,
Et l'immortelle mort ne dexire encourir:
Pourray-je en te suiuant m'egarer & mourir,
Puisque tu es tout seul, & la voye & la vie?

Mais las! j'ay trop erré, empoupe mon nauire,
Et me fais tost surgir d'où ie suis desmaré:
Que la mer des pechez dont ie suis entouré,
Me faisant submerger dedans Styx ne m'atire.

Que ta loy soit le bord où d'aborder ie tasche,
Ton sacré sang la mer où ie nauigeray,
Ta parole le vent duquel ie cingleray,
Ton Temple mon esquif, & ta croix soit ma gasche.

Ren moy par ta bonté toute chose facile,
Que tu requiers de moy, pour la mettre en effect,
Car ton saint mandement en vain à l'homme est fait,
Si pour l'executer tu ne le rends habile.

Les prieres, ô Christ, me seront coustumieres,
Ma langue y sera duite, & mon cœur obstiné,
Que si pour tant de cris tu es importuné,
Pourquoy nous promets-tu d'exaucer nos prieres?

Les arbres ayans faim des fecondes rozées,
Ne produisent, Seigneur, aucuns fruits, qui soyent bons:
Ainsi de pieté rien nous ne produisons,
Si nos ames ne sont d'oraisons arrozées.

Comme le clair Soleil sert au corps de lumiere,
De mesme la priere est à l'ame clairté:

Comme

Comme en Terre le corps par les nerfs eſt porté,
L'ame eſt portée au Ciel tout droit par la priere.

La priere me rend comme vne ville cloſe,
A qui les ennemis ne ſauroyent faire mal:
Car l'ayant pour rampart l'aduerſaire Infernal
N'oſe pour m'aſſaillir tenter aucune choſe!

　Or donc,Verbe diuin que tout ſeul ie reclame,
Si tu es l'Apollon que ie deſire auoir,
Et ſi tu es le Chriſt, vueille en gré receuoir
A cette heure mes vers,& à la fin mon ame.

　　　　　　　　　　　　　　　　　　S V R

SVR LA TROI-
SIEME APARITION
DV SEIGNEVR
reſſuſcité.

L E iour ſus Genezar eſpandoit ja ſes
treſſes,
Pendant que les Peſcheurs empeſ-
chez à peſcher,
Trouuoyent, ne trouuans rien, la fin
de leurs fineſſes,
Mais Chriſt cachant ſes rais vint leurs rets-aprocher.

Comme il eſt le ſoleil dont l'ame eſt eſclairée,
Il vint quand du Soleil les rayons renaiſſoyent:
Et promt il arriua ſur la riue azurée,
N'eſtant connu de ceux qui le reconnoiſſoyent.

Pauurets, ils n'auoyent rien: Le Seigneur debonnaire
De peſche emplit leur rets, leur ſens d'eſtonnement:
La nuit ne leur nuizit, mais rien ne ſe peut faire
Sans celuy qui de rien peut tout faire aizément!

Gens qui Chriſt honnorez, ô gens que Chriſt honore,
Pour s'eſclaircir à vous, il obſcurciſt ſes rais,

Eɒ

Et celuy qui mourut vient anoncer encore,
Par la guerre au poiſſon, à vos ames la Paix!

Celuy qui par la mort à la Mort ſſommée,
Et qui ſe fait pain vif ſans pourtant ſe changer,
Pour monſtrer qu'il peut bien paiſtre l'ame afamée,
Vient donner à vos corps du poiſſon à manger.

Quand il vous eut repeus de viande & de joye,
Il vous dit qu'il faloit en Terre l'anoncer:
Puis prenant ſon chemin par la celeſte voye,
Soudain il vous laiſſa pour moins vous delaiſſer.

PLAIN

PLAINTE.

Vpres du glissant de cette onde
Qu'on ne voit jamais arrester,
Ie m'arreste, ô Iuge du Monde,
Pour pouuoir mes maux lamenter.

Dedans ce valon solitaire,
Souuent pour les esuanouïr,
I'ay l'as! fasché de te les taire,
Tasché de te les faire ouïr.

Cependant vn tas de miseres
De moy ne veut point departir,
Mais ha! ne ren point tes coleres,
Egales à mon repentir!

Tu dis que t'ouurant nos complaintes
Nous fermons l'entrée à nos maux,
Pourquoy sont donc aussi esteintes
Tes responces que mon repos?

Seigneur Seigneur, ie le confesse,
Helas! ie suis es las de mort,
N'ayant de la chair pecheresse
Peu tous-jours empecher l'effort!

Mais que sert à l'humaine engeance
Las! pour assopir ton courrous,

D'auoir

D'auoir souci de repentance
Si tu n'as point souci de nous ?

Ces rocs sont dolents de mes peines,
Ces rocs qui n'ont point d'amitié;
Et mes complaintes seront vaines
Enuers toy grand Dieu de pitié !

Ici les oyseaux pour me plaindre,
Abordent d'vn piteux acord:
Diuers animaux m'oyans geindre,
S'acordans y font leur abord.

Rochers, rochers, oyseaux aimables,
Animaux daignans mescouter,
Las ! ne me soyez pitoyables,
Ou soyez forts pour m'aßister !

Ie ne dy point la Mort cruelle,
Pour mener les gens au trespas,
Mais pour ce que quand je l'apelle
L'inexorable ne m'oit pas.

O Dieu, le mal qui me tormente
Fait perdre courage à mon cœur,
Mais las ! ma douleur m'est plaisante
Si tu te plais en ma douleur.

Que donc ici ma peine dure
Darde tous-jours sur moy ses traits:
Mais fay que les maux que j'endure,
Soyent pour tous les maux que i'ay faits.

SON

SONNET.

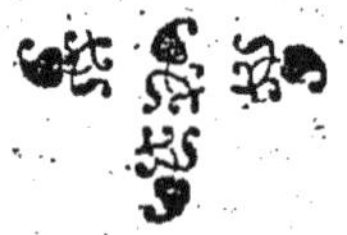

L A commune nourrice au frot reuerdiſſant,
La campaigne où tous-jours vn bruit hu-
  mide dure,
L'element qui plus ſec va chaſſant la froi-
  dure,
Et Iunon, ſont pour nous, nous pour le Tout-puiſſant:

Mais quoy? la Terre va le Seigneur beniſſant,
La Mer, de l'Eternel les loüanges murmure,
Le feu dreſſe ſon vol vers l'Auteur de Nature,
L'air eſpand ſon honneur, nous l'allons delaiſſant.

Si donc, ô Supernel, ta vengeance equitable
Venge l'iniquité de mon ame damnable,
Ton iuſte iugement ne me ſerd noũueau:

Car des-jà de long-tems las! ma triſte ſentence
Eſt faite par les lieux où font leur reſidence,
La Taupe, le Poiſſon, la Salmandre, & l'Oiſeau.

Anagramme de l'Autheur.

CHRIST FONDE MA LOGE.

FAVTES PRINCI-
pales suruenues en l'im-
preſſion.
****

Page 12.lig.1.C'eſt pour, liſez c'eſt par,&c.
l.7.Regaſides.liſez Pegaſides.
Pag.14.l.23.voyes, liſez voye.
Page 22.l.8.auer, liſez auecques.
Page 29.l.31. l'opague, liſez l'opaque. l.33.en-
rouuez, liſez enroüez.
Page 30.lig.11.autres, liſez antres.l.18. Et ia,
liſez Et la.
Page 71.l.1.ſoas, liſez ſous.l.2.qur liſez que.
Page 80.l.31.elle, liſez elles,
Page 83.l 6.Que, liſez Qui.
Pag.115.l.5. recreſpée, liſez recreſpées.l.9. hu-
maines, liſez humaine.

F I N.

IN D. GAMONII

Μῦσαν τὴν θείαν, totiúſque
operis ἐγκώμιον,

EPIGRAMMA.

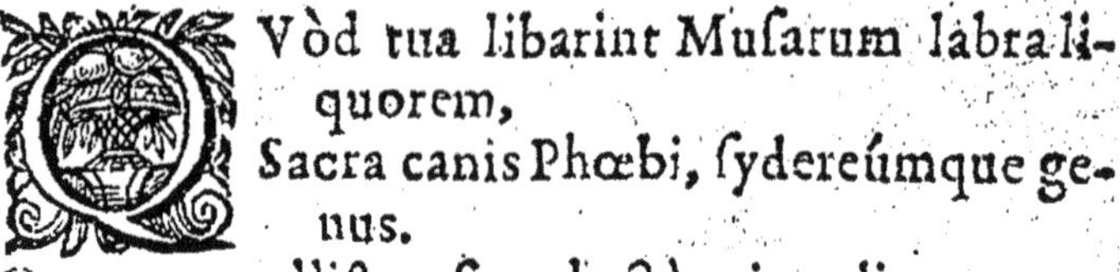

QVòd tua libarint Muſarum labra li-
   quorem,
  Sacra canis Phœbi, ſydereúmque ge-
   nus.
Carmina mellifluo ſunt doctè, mixta liquore,
  Vtile componens flumine Nectareo.
Audax quis poterit lauro contendere Cœlum,
  Cùm liquidas vndas hauſeris Aonidum?
Tu calamo exhares ſacras Parnaſſidis vndas,
  Vt radijs Phœbi diſperit algus humor.
Nunc digito tanges, ô felix! tecta Tonantis,
  Iam vides enim culmina Pyeridum.

N. DESPOTOTIVS.